FRED ELBONI

Um beijo ou dois

Este livro segue o Novo Acordo Ortográfico de 1990.

Diretora-executiva
Renata Sturm

Diretor Financeiro
Guther Faggion

Administração
Alberto Balbino

Preparação
Luiza Thebas e Augusto Iriarte

Revisão
Laila Guilherme

Diagramação
Eduardo Amaral

Capa
Deborah Mattos

Imagem de capa
Malena Flores

Marketing e Comunicação
Matheus da Costa, Bianca Oliveira

DADOS INTERNACIONAIS DE CATALOGAÇÃO NA PUBLICAÇÃO (CIP)
ANGÉLICA ILACQUA — CRB-8/7057

Elboni, Fred
Um beijo ou dois / Fred Elboni.
São Paulo: Maquinaria Sankto Editora e Distribuidora Ltda, 2025.
160 p.
ISBN 978-85-57172-81-4
1. Crônicas brasileiras 2. Beijo 3. Amor 4. Saudades I. Título
25-4591 CDD B869.9

ÍNDICE PARA CATÁLOGO SISTEMÁTICO:
1. Crônicas brasileiras

maquinaria EDITORIAL
Rua Pedro de Toledo, 129 – Sala 104
Vila Clementino – São Paulo – SP, CEP: 04039-030
www.mqnr.com.br

A todos os leitores que
me acompanham –
desde sempre ou desde agora.

Sumário

Que bom ver você por aqui de novo!

Um beijo ou dois foi uma maneira que encontrei para estar em contato com um assunto sobre o qual costumo escrever: saudade. Neste caso, de uma saudade específica: do meu primeiro livro, *Um sorriso ou dois*.

Quando a editora aceitou a minha proposta de fazer um novo livro nos moldes do primeiro, eu dei – literalmente – pulos de alegria. Mas, com o tempo, comecei a refletir sobre a fórmula que usamos lááááá em 2014 e cheguei à conclusão de que hoje, mais amadurecido – e com algumas entradas na cabeça não mais escondidas no gorro –, não gostaria de colocar meus textos em caixinhas, definir exatamente que estilo eles têm. Por isso, este livro, embora tenha o mesmo visual, não apresenta mais as divisões por gênero que fiz em Um sorriso ou dois.

Agora, abre aí e começa a ler, vai. Pode ser na sequência, ou você pode escolher os títulos que mais chamarem a sua atenção e começar por aí. Garanto que será uma surpresa a cada página.

Ah, não esquece de me contar o que achou. ☺

Fred

O melhor beijo do mundo

Beijos são uma porta para a intimidade. Mesmo que muitas pessoas não pensem assim. Talvez elas ainda não tenham descoberto quão mágico e envolvente um beijo pode ser. Para mim, beijos são, muitas vezes, mais íntimos que o próprio sexo. Não é somente saliva e toques ágeis pelo corpo que trocamos durante um beijo, também há energia e esperanças envolvidas. Não existe beijo melhor do que aquele em que a gente mergulha na energia do outro!

Depois que minha sensibilidade se aflorou e eu passei a selecionar melhor as bocas que beijo, me dei conta do tempo que desperdicei tentando encontrar, em beijos frívolos e ocos, amores com sabor de eternidade. A idade, a maturidade de querer algo maior que somente um beijo e uma noite de sexo regada a vinho – comprado no mercado sem saber se é bom mesmo, pois eu não entendo nada de vinho – fazem a gente querer atrair coisas mais profundas e honestas. E comprar um vinho com o único objetivo de seduzir alguém nem de longe é uma atitude honesta.

O melhor beijo do mundo é aquele que passeia à vontade pelo corpo do outro; aquele que traz esperança, uma sensação de conforto e a segurança de que o fim da noite é apenas um detalhe colecionável diante da honestidade que há em tal troca. Ele vive no agora, no silêncio das mentes, na entrega que há entre duas pessoas. O melhor beijo do mundo é aquele que é dado com verdade, e amadurecer é isto: optar pela verdade, pela profundidade, em vez de coisas superficiais e com pouco sentido. Um beijo profundo transcende, nos permite trocar o que há de melhor em nós: carinho.

E hoje eu só quero os melhores beijos do mundo: beijos com verdade.

PALAVRAS ENGASGADAS

*

Por que deixar o amor passar, voar para longe, por medo de dizer palavras que estão engasgadas? Falar o que você sente pouco tem a ver com o outro; tem mais a ver com desvencilhar-se de sentimentos escondidos que tiram teu brilho, que te sufocam quando você encosta a cabeça no travesseiro.

A magia do amor é a verdade, não a longevidade. E, para ser verdadeiro, é preciso contar os segredos do coração. Deixar de dizer o que precisa ser dito é triste, torturante. O amor precisa de iniciativa, de tentativa e erro, de risco consciente. Quando o assunto é amor, arriscar e colocar o coração em jogo deveria ser pleonasmo. No amor, a gente sempre arrisca alto, aposta tudo; é isso que faz o prêmio ser tão lindo!

De que adianta abrir o coração se não abrir a boca? Quem quer ser amado precisa aprender a dizer que ama. Palavras guardadas são perigosas para um coração que implora por reciprocidade. E se a resposta não for a esperada, tudo bem: a vida se desenha assim, no improviso, no amor dito, no beijo lembrado e esquecido, na recordação de um amor que foi embora no toque, mas que ainda habita o coração.

SOBRE ONTEM

Estou no aeroporto, prestes a embarcar, revivendo na minha cabeça o nosso sexo de ontem. A cada lembrança de como nos devoramos no sofá da minha sala, perco a concentração no dia. As almofadas no chão, as bebidas na mesinha ao lado, a gente se beijando com os olhos fechados e as mãos passeando pelo corpo. A música estava alta, mas ainda era possível ouvir o pulsar dos nossos corações.

"Por que você escondeu por tanto tempo essa tua safadeza tão natural?", eu te perguntei baixinho enquanto você amarrava o cabelo com receio de que ele nos atrapalhasse – mas nem precisava, eu nunca deixaria um fio de cabelo atrasar o nosso beijo.

Se você soubesse quão lindo foi te ver nua, entregue… As tuas costas são tão bonitas, eu já te disse isso? Tenho um fascínio pelas tuas costas, pelas linhas e pelas histórias que elas relatam quando repousam; não sei se você sabe, mas elas me contam tanto sobre como foi a tua semana… Quando te massageio, sinto os pontos, as tensões, que vou eliminando com toques suaves e, ao mesmo tempo, cheios de desejo.

No sofá, a gente criou um universo que só pertence a nós e que ficará, intacto, na nossa memória, no nosso desejo de repetir.

Agora preciso ir, logo vou embarcar, mas precisava te dizer que preferia estar no céu para o qual você me levou ontem…

Todo coração

Esses dias, chorei sozinho sentado no jardim que tenho a sorte de ter atrás da minha casa. Chorei pelos dias que descartei sem doar todo o meu amor a mim. Deveria ter tido mais iniciativa ao nascer do meu sorriso, deveria ter procurado acalmar mais o meu coração, em vez de enxugar as lágrimas de pessoas que hoje se escondem de mim.

Aos amores que vivi, me doei demais. Fui entregue e presente quando me pediram para estender as mãos. Não que eu me arrependa de ter oferecido tudo de mim a quem estava a meu redor, mas, ao fim, a intensidade é sempre uma balança injusta com o meu bem-estar.

Sempre que me surpreendo negativamente com as pessoas, me questiono por qual motivo não me sacrifico mais por mim, não acordo disposto a cuidar dos meus propósitos e sonhos. Os outros me parecem tão voláteis... e eu me sinto tão descartável...

Aprender a me respeitar é um lindo e silencioso conselho que me dou sempre que desperto pela manhã, embora eu ainda não o siga completamente. Necessito me ouvir e repousar o meu coração na serenidade, pois essa coisa de ser todo coração, hoje, está me tirando a paz.

AMOR NÃO É ALGO
QUE PROCURAMOS, MAS
ALGO QUE ESTAMOS
PREPARADOS OU
NÃO PARA RECEBER.

NÃO SE SINTA SOZINHO POR SER UMA PESSOA SOZINHA

*

Um dia, sem nos questionar se gostaríamos ou não de ver, a vida resolve nos mostrar o quão sozinhos estamos na jornada que escolhemos. E, como se não fosse o bastante, nos salienta que cada vez mais estaremos propensos a seguir um caminho solitário. Fato é que sentir-se sozinho no mundo é uma constante na vida de muitos de nós. Quanto mais lemos, refletimos, estudamos ou nos doamos, quanto mais aprendemos a ter compaixão pelos outros, mais nos sentimos desacompanhados e incompreendidos neste mundo de opiniões agressivas, intolerantes e de pouca sensibilidade.

Infelizmente, evoluir, seja mental ou espiritualmente, é um delicado caminho para sentir-se cada vez mais solitário.

Há anos me sinto sozinho, mesmo que nas redes sociais mostre outra coisa. Não que o conteúdo delas seja falso ou irreal, mas a solidão, neste caso, é um sentimento interno, não necessariamente social. Com o decorrer do tempo, a maturidade traz uma coisa linda e sensível à qual chamo de "triagem do coração". Nós passamos a selecionar quem gostaríamos de ter ao nosso lado, para quem gostaríamos de proferir palavras de amor e de quem gostaríamos de nos distanciar. Saber selecionar as pessoas antes de envolver-se com elas é o primeiro passo para evitar sofrimentos desnecessários. Estar próximo de pessoas que emanam uma energia parecida com a nossa é uma das saídas mais bonitas para encontrar paz e equilíbrio; sejam essas pessoas amores, amigos ou até mesmo a nossa família. Por outro lado, sei que parece triste ou extremista se distanciar de quem fez parte da nossa vida, mas a fronteira entre o "dever" e a paz interior é uma linha muito tênue.

Existe um ditado que diz que a "ignorância é uma benção", pois nela as verdades são sempre fáceis e reducionistas, as respostas são simplistas, quase sempre "sim" ou "não". Acontece que as pessoas que escolhem facilmente entre o "sim" e o "não" nem sempre ponderam e sustentam as suas opiniões por coerência, mas sim por buscarem aprovação e conforto pessoal. Abrir a cabeça e observar que os caminhos da vida são mais vetoriais é sempre uma escolha difícil e cansativa. Hoje não faço mais questão de ficar perto de pessoas que sugam e criticam – sem embasamento – os meus princípios e a maneira como vejo o mundo, pessoas que insistem na obviedade do erro e tomam uma certeza como verdade universal.

Por isso, para me afastar dessa fadiga, escolho, dia após dia, a solidão, o meu violão, as minhas plantas e o sol que bate na janela da minha sala ao amanhecer – eles nunca me traem. A escolha por uma vida solitária não é uma decisão que foi tomada por raiva ou descrença nas pessoas, mas por convicções conquistadas através de uma linda e árdua busca pela paz interior. Ter ciência de que a vida pode ser solitária e não se sentir sozinho por isso, por mais antagônico que seja, faz parte da escolha que fazemos todos os dias.

Como sempre digo: não podemos viver o desafeto das escolhas que não fizemos. A solidão é um mal da alma para quem quer sair da caixinha de opiniões prontas e gritadas, para quem quer viver com um pouco mais de sabedoria, para quem quer conviver com pessoas que carregam consigo calma e parcimônia na hora de tomar grandes decisões. Parece triste, e talvez até seja, mas a vida sempre será solitária para quem, por algum motivo, escolheu evoluir e se desprender de certas regras desse mundo, muitas vezes tão cruel.

O SORRISO ABRE E OS OLHOS FECHAM

Desde pequeno, eu sorrio com os olhos. Digo, sorrio com a boca e também com os olhos. E volta e meia alguém (principalmente mulheres) comenta: "Acho tão bonito como você sorri com os olhos, como eles se fecham quando as bochechas sobem!". Dizem também que a minha gargalhada tem uma sonoridade boa, contagiante; fico feliz ao ouvir isso, me parece um elogio sem segundas intenções. Digo isso pois também gosto de ficar perto de pessoas que me fazem rir só porque estão rindo.

Levar alguém a sorrir por causa do nosso riso é um presente dos céus; não há treino, curso de verão ou ensaio frente ao espelho que dê jeito. Quando isso acontece, a barriga dói, os ombros relaxam e as diferenças, caso existam, se transportam para outra estação. Rir, gargalhar, com o riso descontrolado do outro é um ato tão sincero quanto involuntário. Esta, sem dúvida, é uma daquelas pequenas coisas da vida a que todos dizem que devemos dar mais valor no nosso dia a dia.

Eu sempre fui de rir com facilidade. Na verdade, sempre fui fácil em muitos aspectos. Amo fácil, acredito fácil, perdoo fácil, me divirto fácil e fecho os olhos para sonhar com toda a facilidade do mundo. Quando sorrio, os meus olhos se fecham, mas não apenas fisicamente: eles se fecham para todos os preconceitos, todas as dessemelhanças, todas as coisas que não afetam a intensidade e a verdade do meu sorriso. Rir de olhos fechados é um estado de alma presente. Às vezes, fico pensando o que seria do mundo se todos ouvissem a gargalhada dos outros e fechassem os olhos para julgamentos…

A VIDA É UMA POSSIBILIDADE DE ENCONTRO

Volta e meia, quando deitados entre as cobertas que, felizmente, nos protegem do mundo, nos questionamos sobre o significado da vida e, caso estiquemos um pouco mais a linha de raciocínio, se estamos trilhando um caminho do qual teremos orgulho. Obviamente não existe uma resposta definitiva, até porque, caso existisse, o mundo perderia a graça. Acontece que, quando insistimos em pensar no sentido da vida e buscamos respostas que apaziguem a nossa alma, não estamos realmente atrás de uma resposta palpável, muito menos de um ponto central em que tudo se interligue, mas sim de uma razão para agradecer, para dar continuidade nos afazeres sem sofrer tanto, para rir – mesmo que não tenhamos muitos motivos –, para chorar e deixar a alma se preparar para coisas novas. Enfim, uma simples e humilde razão para continuar acreditando.

Entre esses pensamentos, algumas respostas surgem, umas guiadas por crenças, outras, por medos, outras, pela sensibilidade, pelo amor, e assim por diante. E é desse jeito que estou no momento: pensando nas infinitas possibilidades da minha vida. Com a idade, percebemos quanto encontrar alguém – seja um amigo, um amor ou um pedacinho da nossa família – que nos faça sentir especial, que nos ajude a colocar a nossa autoestima em dia e enalteça as nossas particularidades é uma linda oportunidade que a vida nos dá de acreditar.

Muitas pessoas me perguntam: "Fred, o que é a vida para você?!". E essa é uma das perguntas mais difíceis de serem respondidas, não somente por ser ampla e ao mesmo tempo reducionista, mas também porque, quando me questionam, geralmente estou refém de um copo de cerveja. Mas todas elas recebem de mim sempre a mesma resposta: "A vida é uma breve e bela possibilidade de encontro".

Possibilidade de encontrar quem a gente ama – independentemente do tipo de amor –, de se doar inteiramente, de rir junto como se o amanhã pudesse não existir, de perdoar esse alguém caso as faíscas se tornem fogo, de beijar ao pôr do sol, nos dias de chuva – na verdade, em qualquer situação climática –, e de entender que, mesmo que coisas tristes aconteçam no percurso, tudo valeu a pena, pois sempre vale a pena se entregar para um amor transparente e recíproco.

Percebo, com tristeza, que muita gente só consegue conjugar o verbo "amar" no passado. Sabe perfeitamente dizer que amou, que os momentos vividos foram lindos, que sente saudade... Mas por que evitou tanto dizer essas palavras quando o passado era presente?! Não espere para dizer que ama, que está feliz: diga agora, neste instante, pois a bênção de receber um amor, um encontro com a serenidade de sentir-se gostado, certamente não merece esperar. A vida é isto: uma simples e divertida possibilidade de encontro.

TEM ALGO QUE TE FAZ FELIZ E EU NÃO SEI?!

*

O que te faz querer ir embora?! Onde, em qual curva, o nosso amor desandou?! De ti, eu sabia as cicatrizes, as marcas de nascença, os medos e os livros preferidos. De ti, escondi minhas esperanças e meus desejos, para não te assustar, pois sei que você demora a se entregar. Contigo eu ri, gargalhei, te amando e cuidando dos teus excessos, te contando os meus rasgos internos e te protegendo do ressurgir dos meus traumas.

Das tristezas que nunca fizeram sentido para mim, essa é a que mais me dói. Gostaria de conseguir mudar de afeição, de deixar de te amar e largar as minhas coisas na tua casa sem me preocupar ou fingir que preciso delas só para ir te ver, mas, infelizmente, ainda gosto tanto do nosso desarrumado... Portador de uma cabeça avoada, sempre esqueci as minhas coisas por aí, afinal o que são algumas peças de roupa na casa de quem tanto amo?!

Não tenho poderes para não te deixar partir, voar como você sempre quis, mas posso te pedir algumas coisas? Não me deixa sozinho quando a vida me pedir grandes decisões, tenho tanto medo delas, e não me diz que esse adeus é definitivo, dado que sei muito bem cuidar de ti, mas nunca soube cuidar de mim mesmo. E, por favor, antes de se despedir, só me conta... tem algo que te faz feliz e eu ainda não sei?!

AMIZADE NÃO É CONTATO
DIÁRIO, MAS UMA SUAVE
LINHA DE CONFIANÇA
DE QUE UM ABRAÇO DE
EMERGÊNCIA SEMPRE
SERÁ PRIORIDADE.

ELA É DE VERDADE

Calcinha ao lado e beijos intermináveis, na cama a gente se devora, se ama entre os lençóis coloridos e derruba ao chão toda a nossa vaidade; não precisamos dela por agora. No nosso íntimo, colecionamos situações que para muitos são pecados, mas tudo bem, aceitamos os olhares críticos, só não deixamos de nos amar intensamente por causa deles.

No nosso sexo não há desculpas, medos ou hesitações, somente vontades a serem realizadas. E realizamos todas elas sem receio do usar do corpo e do gemer do coração. Ela gosta que eu coloque dois dedos enquanto a chupo; eu gosto que, toda babada, ela me chupe com aquele olhar que me perfura as inibições. Ela gosta de tapas de mão aberta, de marcas que eternizam temporariamente a textura das mãos, de beijos que borram o batom e as saudades passadas; eu gosto de chamá-la do que eu quiser e de mudar de posição com a frequência com que digo que a amo. Ela gosta que eu puxe os seus cabelos como quem domina um animal selvagem; eu gosto quando ela rebola com as mãos soltas, brincando de flertar com os próprios seios, rindo, entregue, totalmente desnorteada e feliz.

Alguns nos julgam loucos por falar tão abertamente sobre sexo; nós julgamos loucos os que tanto desejam amar e transar loucamente mas, por receio da falta de aprovação dos outros, mentem sobre as próprias inclinações. Se eles soubessem a parcela linda que estão perdendo da vida... Eu a desejo como companheira não unicamente por ser safada ou gostar de transar no banco de carona, mas sim por admitir com lealdade as suas aptidões. Ela é de verdade, e esse é o melhor elogio que posso fazer a alguém.

Acontece que não me preocupa o que ela é, mas sim o que ela, por apreensão, não demonstra ser. Ela pode ser o que quiser ser, só não pode deixar de sê-lo. No nosso sexo há verdade, e no nosso amor há um bocado de pureza, mesmo que sejamos igualmente sujos. Somos um beijo tropical que mistura histórias a um gemido difícil de controlar, um riso fácil a um andar pelado e despreocupado pela nossa casa, um tapa rude a um olhar que cura todos os traumas que acumulamos no decorrer da vida, uma primeira penetração que faz os olhos rodopiarem a um abraço forte com gosto de amizade de anos... Mas, antes de qualquer adjetivo, somos uma distração leve e descomplicada de vida que, alegremente, chamo de amar.

Uma nova maneira de amar

No momento em que escrevo este texto estou me relacionando, amando, beijando, colocando com carinho o cabelo atrás de delicadas orelhas, dividindo a cama e o meu coração com uma mulher que tem duas filhas. Duas lindas meninas com olhos que brilham quando, pouco a pouco, descobrem o mundo e suas cores, que vibram quando chego com uma caixinha de chocolate, por mais barata que seja, que acordam de madrugada chorando por causa de um pesadelo, mas que, pela manhã, já estão sorrindo, como se nada tivesse acontecido... e que comem feito dois marmanjos que acabaram de jogar futebol por noventa minutos sob um sol escaldante.

Para mim, conviver com elas está sendo uma grande e lindíssima novidade. É como se eu estivesse aprendendo uma nova maneira de amar, como se eu estivesse criando um novo significado de amor no meu inconsciente. E digo isso não somente pelo que sinto pelas duas, mas pelo cuidado, pela orientação e pelo zelo que a mãe demonstra por elas. Eu sou um mero espectador desse amor, um aprendiz do mais legítimo ato de amar, um menino, perto dessa mulher tão autossuficiente, tão importante. Que sorte eu tenho de poder admirar, mesmo que muitas vezes de longe, esses doces momentos entre elas.

Com crianças em volta de uma relação tão bela e leal quanto a nossa, aprendi que o ato de amar é uma eterna renúncia. Ceder, acalmar-se, respirar e ter empatia. O amor visceral vai, pouco a pouco, se tornando um amor terreno, palpável, seguro – e tecido com confianças invisíveis.

Por outro lado, eu estaria mentindo se dissesse que não sinto um pouco de medo – ainda mais eu, que sempre fugi de certas responsabilidades afetivas. Tenho receio de não ser o suficiente para as duas, de não ser um bom exemplo, de não as fazer sorrir como eu sorri quando criança, de não ser o que elas esperam que eu seja. Sei que muitos desses temores são coisas da minha cabeça; sempre entro em parafuso quando preciso manifestar sentimentos que ainda me impactam internamente. Mas estou disposto a aprender...

O nosso amor, a nossa família, são um encontro de almas. Não sei explicar. Essas coisas que a gente se permite apenas sentir, que não questiona muito para não estragar a magia. Deixar o destino desenhar seu papel é, muitas vezes, a coisa mais sábia a fazer.

SE APEGA, SIM

Um dia te disseram que você devia desapegar. Que devia se afastar dos sentimentos, dos amores e das pessoas que pudessem invadir sua privacidade emocional. Como se o desapego fosse um antídoto contra o sofrimento, como se isso transportasse as pessoas com más intenções para um universo distante e paralelo. Como se desapegar fosse a solução definitiva para os problemas de quem fez escolhas imperfeitas no amor. Mas como você vai amar com maturidade se fugir toda vez que o amor der as caras? Do que você quer tanto se proteger?

O pior é que vejo pessoas se colocando em um pedestal por não se apegarem, como se isso fosse um objetivo a ser alcançado, um superpoder. Triste. Como sempre digo, amar sem se colocar em uma situação de vulnerabilidade é impossível. E deixar de amar pelo eterno medo de sofrer é uma conduta pobre demais.

Você tem que se desapegar das coisas que te fazem mal, mas não das emoções. Buscar autoestima, se proteger de situações que sugam seu amor-próprio, se resguardar depois de uma relação turbulenta, por exemplo, são atitudes inteligentes, diferentemente de cultivar o desapego e a falta de responsabilidade. A gente precisa aprender a se apegar, sim, só que precisa aprender a selecionar as pessoas em quem vamos depositar nossas esperanças.

Nunca deixe que te digam que desapegar é uma maneira de não sofrer. Na verdade, o desapego só posterga os aprendizados que amar outra pessoa traz. E é bom que você saiba desde já que os sofrimentos são inevitáveis; é preciso aprender a lidar com eles. Para receber um amor, além de estarmos abertos a amar, precisamos estar preparados para a hora do adeus. Achar que você pode driblar a dor de sofrer por amor é uma ilusão. Por isso, ouça mais o seu interior do que a opinião de pessoas que pouco sabem sobre amar.

O DESTINO ESTÁ EM NOSSAS MÃOS... OU SERÁ O CONTRÁRIO?

*

Tem coisas que acontecem de repente, sem aviso prévio, e são como um presente vindo dos céus. Elas chegam no tempo certo, parecem sob medida para nossa vida, por mais que estejamos descrentes da possibilidade de sermos surpreendidos. O destino é tão sábio em distribuir imprevistos, em pilotar o tempo! Esse irônico ser adora brincar com nossos sentimentos, mexer nas gavetas da nossa cabeça e do nosso coração, e a nós só resta nos deixar levar, até porque não podemos fazer nada contra ele.

Ele chega numa manhã despretensiosa ou numa noite vazia e nos põe cara a cara com uma situação que marcará ou mudará nossa vida para sempre. Traz o novo, que muitas vezes nos assusta e nos confunde. Precisamos estar preparados para receber a energia vibrante e nova que o destino nos traz, sempre com seu sorriso debochado. Precisamos estar de coração aberto para perceber suas boas, ou confusas, intenções. Precisamos ter a alma aberta para recebê-lo e compreendê-lo com a calma que ele pede.

O dia a dia corrido, maluco, que vivemos atualmente, marcado pelo imediatismo, pela urgência, pela falta de tempo, por emoções rasas e de sinceridade duvidosa, nos torna míopes para a presença sutil e criativa do destino. Assim, envolvente, sedutor e de humor afiado, ele se aproveita disso para nos deixar morrendo de vergonha, fora do eixo, sem palavras diante das situações mais absurdas que é capaz de criar.

Eu adoro a inquietude do destino, que não se cansa de chacoalhar nossa árvore de emoções, a ponto de nos deixar atordoados, surpresos, mas, acima de tudo, de nos fazer sentir vivos. Muitas vezes brigamos com ele, corremos na direção contrária para tentar escapar de suas armadilhas... Tudo em vão. Ele refaz o cerco, muda alguns elementos, e pronto: lá estamos nós presos em sua armadilha novamente. Reféns de nós mesmos.

SONHADORA

Menina dos olhos cintilantes, que sorri para o dia de sol e para as flores que brotam sem pedir licença. Feminina, encantadora e apaixonada; pelos outros, pela vida ou por qualquer coisa que simplesmente – como se fosse pouco – faça bem a ela.

Ela não costuma admitir, mas adora sentir-se acolhida. O que para os outros pode soar como pieguice, para ela é delicadeza, e uma linda parcela de amor. Sabe viver o presente sem se preocupar com os medos do futuro, porém, muitas vezes, oculta as suas vulnerabilidades para proteger a sua sensibilidade à flor da pele. "Como existem pessoas que não gostam de carinho?", "Por que elas escondem tanto o que sentem?", – se questiona, deitada em sua cama e olhando para o branco do teto, que, tempos atrás, era repleto de estrelas e planetas fluorescentes colados.

Se entregar? Só se for de corpo e alma. Dinheiro? Prefere sentimento sincero. Não que ela não goste de dinheiro, mas não faz questão de ser milionária... Companheira, solidária e munida de sinceras gentilezas, ela se adapta às situações, mantém a calma, mesmo perto de quem desvaloriza a sua veia sonhadora. Mas, quando sozinha, se esconde na sua concha e sorri por saber que os sonhos são, e sempre serão, os seus melhores amigos.

VAI QUE O MUNDO ACABA AMANHÃ

Eu sou daquelas pessoas que amam com intensidade. Na verdade, sou daquelas pessoas que falam, torcem, riem, pulam, choram e, algumas vezes, bebem cerveja, ou, em casos mais extremos, doses de gim, com toda a intensidade do mundo. Tudo bem, posso não beber com muita frequência, nem ser fiel ao bar toda semana, mas já antecipo: nunca me convide para o seu casamento, pois, honestamente, nunca tive maturidade para ouvir que a bebida é livre...

A sensação permanente de que o mundo poderia acabar amanhã nasceu comigo, faz parte de mim, e, honestamente, espero nunca ter que contar quantas vezes já ouvi minha mãe dizer: “Calma, Frederico, o mundo não vai acabar amanhã”. Eu tento controlar essa sensação, mas muitas vezes é ela quem me possui, ela é cheia de vontades próprias. Nunca consegui viver com moderação, talvez por isso fale tanto que a vida é uma eterna busca pelo meio-termo, para ver se aprendo.

Se há uma área da vida em que transbordo intensidade, é, sem dúvida, no amor. O pior é que eu sou fascinado por essa sensação de pré-morte que sinto ao amar. E, pasmem, nunca morri! Na verdade, eu não amo ou gosto de alguém apenas, eu mergulho nas profundezas do amor, me perco nas alturas e – preciso admitir – já até desenhei corações no vidro embaçado do carro.

Quando por alguma eventualidade o amor acaba, sofro, canto músicas tristes a plenos pulmões, sento no chuveiro e deixo os pingos d'água desenharem a saudade no meu corpo e fico pensando onde foi que nos perdemos. Carrego comigo todo o drama do mundo e, felizmente, sei sofrer com muita autenticidade.

Lembro-me muito bem do meu primeiro amor, principalmente da intensidade que depositei naquela relação. Era a primeira pessoa pela qual eu havia sentido algo diferente, singular, único. Éramos dois jovens vivendo uma entrega desmedida, uma experiência, para ambos, de primeira viagem. E o primeiro amor é sempre um cristalino tubo de ensaio. Protegidos atrás da nossa ingenuidade, rimos de muitas bobagens, nos beijamos em lugares que os adultos diziam ser proibido, nos descobrimos como homem e mulher, sexual e emocionalmente falando, e nos amamos de forma genuína. Por outro lado, por causa da nossa inocência, cometemos alguns desacertos com nós mesmos, mas somenteanos depois percebemos que não erramos por falta de amor, mas sim por não termos amado antes. E eu nunca abriria mão dessa experiência, mesmo sabendo quanto eu sofreria depois.

Às vezes, o amor surge como uma possibilidade em mil, e eu nunca o deixaria passar, por mais breve ou incompreensível que ele pareça ser. Não importa quanto ele dure – um mês, um ano ou a eternidade –, eu nunca ousaria perder o frio na barriga pelo receio do possível apertar do coração. O tempo galga, e eu ainda não sei o que fazer com toda essa intensidade que carrego comigo. Sei que ela pode me matar ou me fazer sofrer profundamente, mas nunca, nunca me fará desacreditar no amor.

DESCOBRIR O SIGNIFICADO DE PAZ DE ESPÍRITO É UMA

LINDA POSSIBILIDADE DE
ENCONTRO COM A VIDA.

Grandes dúvidas, pequenas indecisões

Eu sou uma pessoa que convive diariamente com grandes dúvidas e pequenas indecisões. Sim, grandes dúvidas e pequenas indecisões. Tenho dúvidas grandes, como todo mundo, daquelas que me fazem, inquieto e agoniado, revirar o corpo ao encostar a cabeça no travesseiro. Isso quando não me fazem levantar à noite para comer carboidratos desnecessários, porém deliciosos. As grandes dúvidas são aquelas que podem mudar a sua vida, o seu caminho, o seu estilo de vida e até, quem sabe, a sua missão.

Se você escolheu a profissão certa ou não, se o amor que você está vivendo tem sabor de eternidade ou só está se enganando com o sabor adocicado da comodidade, se você quer comprar uma casa com um lindo jardim e cachorros saltitantes ou viajar o mundo sem se prender a coisas materiais. Essas são as grandes dúvidas, tão grandes que a gente aprende a lidar e a conviver com elas com serenidade, até porque, caso você não consiga responder essas questões à queima-roupa, tudo bem, afinal, são dúvidas muito grandes e complexas para se ter tanta convicção.

O problema mesmo, e o que de fato me atrapalha no cotidiano, são as pequenas indecisões. Elas são constantes, nos cobram a todo instante e precisam de respostas imediatas e precisas, afinal, "são coisas tão simples, não é mesmo?". Acontece que eu tenho dificuldade para escolher de que cor pintar a parede que fica atrás do sofá da sala da minha casa, não sei decidir a roupa que usar para sair, e olha que tenho pouquíssimas opções, e escolher três sabores de sorvete, então, é impossível!

As pequenas indecisões são sempre vistas pelos outros como uma besteira qualquer; por que tanta dúvida só para escolher um sabor de sorvete?! E mentalmente eu sempre respondo: "Mas são tantos!!". Pitanga verão, flocos, pistache cremoso, chocolate belga, coco coberto com coco queimado, menta com chocolate, goiaba com pedacinhos de goiaba, maracujá, baunilhas com favas, doce de leite e até – pasmem! – sorvete de chá-verde! Honestamente, eu é que não consigo compreender como algumas pessoas têm tanta convicção na hora de escolher um único sabor de sorvete!

E, se formos pensar além, essas pequenas indecisões podem ser fatais para um relacionamento. Elas quase sempre são o estopim para uma grande discussão. Um casal não termina a relação por ele ser de direita e ela, de esquerda, por ela ser cristã e ele, ateu, por ela ser corintiana e ele, palmeirense. Mas tente, ao longo dos anos, demorar na hora de se vestir pela manhã enquanto o outro espera no corredor, segurando a porta do elevador, ou para escolher a série que vão ver juntos... Convenhamos, perto dessas situações, as grandes dúvidas não significam nada.

MEDO DO AFETO

*

Você já parou para observar quantas pessoas não conseguem dizer para os próprios pais que os amam? Que não conseguem proferir uma palavra de carinho, dar um beijo ou um abraço regado de emoção nas pessoas mais próximas? Ainda que as amem! Oras, se amam, por que não dizem? Não sei. Quando penso nos motivos para conter as palavras e as demonstrações de carinho, não chego a grandes respostas – um receio de parecer frágil aqui, um passado difícil acolá, mas nada que mereça distanciar as emoções das cordas vocais.

Seja como for, por que não mudar? Por que não dizer imediatamente o que o coração sente, antes que seja tarde demais e tudo o que reste desse amor seja saudade? As pessoas precisam ouvir que são amadas, quando o sentimento é verdadeiro. Quando se trata de amar, não podemos ser mimados, pois as emoções são das poucas coisas que, quando guardadas, se perdem.

Para amar, a gente precisa aprender a ser vulnerável. Então, diga àquela pessoa que você a ama, que ela te faz bem, que você vai morrer de saudade dela, enfim, abrace-a forte e diga o que vier à sua mente, mesmo que dê um pouquinho de vergonha. A vida é breve demais para ter medo de dizer as coisas bonitas que transbordam da gente.

QUERIDO PROBLEMA

Parece que os acontecimentos tristes e inexplicáveis da vida costumam vir em cascata, um atrás do outro, repetidamente, sem nos dar nenhum instante de respiro. E, como solução, sinto como se devêssemos ficar em inércia, esperando a forte e ininterrupta queda-d'água terminar de despejar em nossa cabeça toda a sua fúria, para depois analisarmos os estragos e, só então, repará-los.

Muitas vezes, deitado no silêncio do meu quarto, com as luzes apagadas, peço, de pés cobertos, que o sono leve para longe esses acontecimentos tristes e inexplicáveis. Mas, infelizmente, existem adversidades que o sono não consegue dissolver. Acordar sob o peso de um dia desesperançoso é desalentador. Buscar ânimo pela manhã para continuar o hoje sem avistar indícios de boas notícias é sufocante.

Ficar questionando por que a vida está desandando em aspectos que fogem do nosso controle é como dar murro em ponta de faca. As coisas simplesmente acontecem, e, por mai que aparentem ser difíceis de resolver, só nos resta continuar acreditando que a vida saberá distribuir sabiamente também os momentos de alegria. E, honestamente, espero que ela saiba…

Amadurecer é...

Amadurecer é aprender a dizer adeus, mesmo quando ainda há amor. É parar de dar corda para algo claramente sem futuro. É dar alvará para o coração sentir medo e, nem de longe, ter vergonha de admitir isso. Amadurecer é dizer o que sente sem se justificar, principalmente quando as justificativas existem somente para nos proteger dos julgamentos alheios.

Amadurecer é procurar paz, e, caso venha acompanhada de um amor, tiramos a sorte grande! É procurar calma na maneira de amar, reciprocidade nas atitudes e sensibilidade nas palavras. Ser maduro no ato de amar é conservar a liberdade do outro sem pedir nada em troca, é poder, sim, sentir um pouco de ciúmes, mas controlar a impulsividade. É, muitas vezes, durante uma discussão, querer jogar o outro da sacada do décimo quinto andar – metaforicamente, claro –, mas, em vez disso, pegar sua mão e, com a ponta dos dedos, desenhar um carinho. Convenhamos, ser feliz é muito mais gostoso do que ter razão.

Amadurecer é sofrer com propriedade e por muitos momentos sentir-se perdido em um mundo que cobra tanto que sejamos outras pessoas. E entender, ou fingir que entende, que a solidão é um contato diário com a coisa mais bela que carregamos conosco: a nossa desorganização interior.

Amadurecer é, por muitas vezes, pedir um suco de laranja em vez de uma cerveja, por saber que amanhã o despertador vai nos infernizar às seis da manhã. É lembrar de telefonar para algum parente para quem não ligamos faz tempo, só para, sei lá, aliviar a consciência. É pagar as contas e, antes de dormir, fazer cálculos e nos questionar até quando a falta de dinheiro será uma constante. É cansar das pessoas e muitas vezes querer sumir por aí. Amadurecer é aprender a dizer "não" sem se sentir culpado por dar prioridade a si.

Amadurecer é abrir a cabeça em momentos que pedem empatia, é pensar antes de falar e não dizer tudo o que lhe vem à mente. Amadurecer é compreender que estar com a autoestima em dia é ter a segurança de falar sobre as suas inseguranças. É ser triste, feliz e maluco, tudo no mesmo dia, e não se culpar por isso. É também não julgar os nossos desejos sexuais – até porque quanto mais desvairados, melhor –, nem nos sentir estranhos por carregar conosco encantadoras imperfeições.

Ninguém amadurece sem sofrer, sem sentir o apertar do bolso e do coração, sem chorar logo pela manhã ou ao final do expediente, sem admitir para si mesmo a solidão que carrega no peito, os fracassos e as belas gordurinhas que envolvem o seu corpo. Amadurecer é um estado lindo de consciência, calmaria e igualdade entre as pessoas.

Amizade colorida

Domingo à noite, aquele friozinho gostoso e um filme que você está louco para ver passando na TV... O grande problema é que você não quer fazer isso sozinho. Tudo bem! Nada que uma amizade colorida a uma mensagem de distância não possa resolver.

Em uma amizade colorida, os dois se emprestam, se usam, trocam favores, matam as carências e o tesão que pinga durante o dia. O beijo é de amigos, dizem, mas o tesão... Ciúmes, cobranças e ilusões precisam ser descartados antes de ir para a cama pela primeira vez com um amigo. Tudo precisa estar bem esclarecido. Deixar de fazer algumas perguntas e de colocar os pingos nos "is" podem ser uma porta de entrada para mágoas futuras. O fato é que nem todo mundo sabe viver uma amizade colorida sem, pouco a pouco, estragar a relação tão gostosa que havia antes.

Se existe uma regra em uma amizade colorida é ser sincero. Sinceridade pura. Isso significa deixar claro, com palavras bem ditas, o que se quer, o que se espera; nada deve ficar subentendido nesse contrato que se está assinando com a outra pessoa. As duas precisam entender onde estão mergulhando.

Porém, se houver sintonia e disposição, o desapego e a falta de compromisso podem acabar se transformando em uma história de amor. "E se acontecer?", você pode estar se perguntando, "vai estragar a amizade?". Não, vai colori-la...

NÃO HÁ MATURIDADE
QUE SUPERE A
IMATURIDADE QUE É
GOSTAR DE ALGUÉM
E, MAGICAMENTE, SER
CORRESPONDIDO.

TE OLHAR ME ACALMA

*

Anos atrás, uma mulher, pela qual eu era completamente apaixonado, para não dizer enfeitiçado, me perguntou por que, em vários momentos, alguns deles estranhos e sem grandes explicações, eu a observava tanto, sempre com um olhar contemplativo e admirado. E, com o sorriso mais doce que eu pude externar naquele momento, respondi: "Pois te olhar me acalma".

Você já olhou para alguém e sentiu que o prazer de estar perto daquela pessoa não era exatamente a paixão ou a vontade de beijá-la loucamente em qualquer esquina, mas sim a sensação de paz que ela te transmitia? Como se tudo fosse possível e sereno com aquela pessoa, pois para todas as divergências havia conversas, para todos os medos havia uma mão firme, para todas as oscilações confusas havia abraços cheios de silêncio e amor.

Com ela eu sentia que podia dividir todos os meus anseios e que receberia de volta compreensão e carinho. Me sentia com poderes nunca antes imaginados, como se todos os meus defeitos e dúvidas fossem meros detalhes, e não problemas que eu insistia em sublinhar. Eu a olhava como se estivesse diante de um lindo pôr do sol, de uma enorme queda-d'água cujo barulho alivia os pensamentos, de um campo cheio de girassóis se agitando ao vento.

Ela me ensinou, mesmo sem dizer uma palavra, que se relacionar com uma pessoa que nos incendeia com discussões e inseguranças diárias, além de cansar, nos furta o brilho e a paciência. Por mais febril que o amor contido nessa relação seja, por mais que ele tenha se iniciado de uma maneira única e linda.

Depois de aprender com ela quão intenso – por mais que muitos achem que a calmaria e a intensidade são ideias antagônicas – e engrandecedor um amor calmo pode ser, deixei de desejar ser a grande paixão de alguém; estou preferindo ser a serenidade, o porto seguro, o trilhar suave, o navegar em dia de sol, o toque que transcende a pele e os padrões. Amar com calma é tão mais gostoso, tão mais saudável... E muitas vezes querer, insistentemente, ser o grande amor da vida de alguém, carrega consigo muito mais vestígios de ego do que propriamente de amor.

Assim a amei por anos, sempre fazendo-a recordar que ela fora a minha paz, mesmo quando ela brincava de sumir… mas tudo bem, olhar para ela me acalmava tanto…

VIVER DE ARTE

São poucas as pessoas nas quais, quando olho nos olhos, consigo enxergar uma conexão de alma com a arte, algo de espírito mesmo! Daquelas que ficamos inconformados por ainda não terem feito sucesso e falamos para quem quiser ouvir: "Cara, você nasceu pra isso!". E se tem uma coisa que me emociona é ver alguém bom no que faz. Alguém que vive a sua verdade com o coração, genuinamente, como se não houvesse outra escolha. Sinto como se dentro de mim algo gritasse: "Vai, garoto, se joga, não perde tempo, não nega o teu instinto, o mundo vai te abraçar...".

Viver de arte é difícil, árduo, é ser diariamente refém de julgamentos dos que não acreditam em você. E, quando encontro alguém com essa alma tão bonita, só tenho vontade de pedir: "Por favor, não perca tempo, esqueça o que os outros falam, se entregue à arte, ela precisa tanto de você... até porque arte nunca é algo que se vive pela metade".

Por que sempre escrevo sobre solidão?

Em todos os meus livros, sempre haverá pelo menos um texto sobre solidão. Não sei dizer ao certo por quê, talvez esse seja um tema sobre o qual me sinta confortável para escrever, ou quem sabe, no fundo, eu seja uma pessoa solitária.

Sou um cara de poucos amigos, embora tenha muitos colegas e esteja quase sempre rodeado de pessoas descoladas e que riem com facilidade. Mas isso de ser solitário não é algo triste, por mais que aparente ser. É uma escolha, uma busca por coisas mais honestas. Para mim, solidão significa que estou sabendo selecionar com cuidado e carinho quem convive comigo. Saber selecionar as pessoas que entram na nossa casa e no nosso coração talvez seja um dos principais requisitos para viver bem e feliz.

Além disso, sempre gostei dos meus momentos de quietude e de silêncio sem aviso prévio, que são, na verdade, uma forma de lidar com a tempestade de loucuras que passam pela minha cabeça. E essas loucuras surgem nos momentos – e lugares – mais diferentes: quando estou em uma lanchonete com amigos comendo um hambúrguer sem picles – detesto picles –, quando estou correndo na rua mais movimentada da cidade e paro para pensar na vida – tenho dificuldade em correr e pensar ao mesmo tempo –, quando levo minha cachorra para tomar banho e fico lendo as embalagens de ração – mas, na verdade, não estou lendo, e sim divagando. Sim, sou de Peixes, caso você esteja se questionando.

Embora eu não seja uma pessoa completamente solitária, tenho muitos pensamentos solitários. Estou sempre navegando entre saudades, lembranças, possibilidades e suposições. É claro que ninguém entenderia os meus devaneios, e é por isso que eu os guardo somente para mim. Eu também não teria paciência para explicá-los e tentar demonstrar a harmonia que existe entre eles. Por isso fico sozinho, pois na solidão eu sempre me entendo e me respeito.

APAGUE A LUZ

*

Será que não está na hora de você ir embora? Dizer adeus, apagar a luz, juntar as suas coisas, todos elas, e se desprender de frustrações e situações que não pertencem a você? Por que você carrega, insistentemente, um fardo que os seus ombros – há anos tão leves e soltos – não conseguem mais sustentar?

Eu sei que ainda há amor, mas e daí?! Ninguém vive de amor quando não há respeito. Ninguém vive de amor se a felicidade, o sorriso verdadeiro, não surge há tempos. Aguardar a tempestade passar durante anos e anos para um dia, quem sabe, a possibilidade de sorrir novamente aparecer é uma maneira muito triste de levar a vida.

Eu sei que existem contratempos, mas eles não podem perdurar para sempre. É possível até que a tempestade já tenha findado e você, fechando os olhos para os sinais, não tenha percebido. Acontece que dizer adeus não é necessariamente afugentar a pessoa do nosso coração, mas colocá-la em outro grau de relevância. Eu sei que foi lindo, que houve verdade, e ainda há, e que as emoções do passado ainda são belíssimas, mas elas não podem sustentar por tempo indeterminado um presente tão frio, previsível e viciado em constantes reclamações.

Se sentir que deve, vá embora, não espere morrer por dentro para anunciar uma despedida, não se torture por ser o gatilho de um recomeço, apague a luz com a convicção de que relações que dão mais trabalho e desesperanças do que a solidão não são mais para você.

CORAÇÃO LIMPO

O seu coração está limpo? Limpo para receber um novo amor? Para se jogar em uma nova aventura que possa surgir num domingo à noite, em uma nova oportunidade de reaprender a se entregar como se fosse a primeira vez? Limpo para, sei lá, viver sem se prender a verdades absolutas, a traumas que talvez nem se repitam, a histórias que os outros contam ou a medos que surgem somente para nos impedir de viver?

Perceba que estou falando de coração *limpo*, não de coração *sem cicatrizes*; e um coração limpo não é nada além de um coração com cicatrizes bem cuidadas, um coração com autoestima e ciente da importância dos amores que já se despediram.

Querer receber um novo amor quando ainda há fragmentos de tristezas mal resolvidas pairando sobre seu coração é um grande equívoco. Querer que um novo amor faça essa faxina por você é injusto para com quem acabou de cair de paraquedas na sua vida.

Limpar o coração é algo que devemos fazer com constância, para não deixar as impurezas se acumularem, pois, quanto mais elas se hospedam nos cômodos do nosso coração, mais elas nos distanciam da clareza sentimental que merecemos.

E como se limpa o coração?! Para purificar o coração, temos que deixá-lo ventilar, falar – alto, caso ele sinta necessidade disso – ou chorar, sem julgamentos, sem encarar como humilhação o ato de deixar as lágrimas secarem pelo sopro do destino.

Isso não significa desvalorizar o passado, mas sim impedir que a dor do passado se faça sempre presente. O que passou, passou. Seu coração deve saber separar as mágoas dos aprendizados, até porque não há como aprender sem se magoar. Um coração limpo está preparado para receber coisas novas com a verdade e a intensidade que elas merecem, e isso já é o suficiente.

Ela é...

Ela tem manias, várias, mas não é muito de admiti-las – acho melhor até falarmos baixinho, ela parece ter ouvidos espalhados por aí! É feminina, delicada e dona de um olhar belo e equilibrado sobre o mundo. Se alguém chamá-la para um drinque em um restaurante fino, ela se misturará aos frequentadores como ninguém... E se alguém desesperado lhe pedir para dirigir um caminhão, ela aceitará na hora, com toda a sua confiança! Ela consegue, como poucas, mesclar feminilidade e atitude.

Elegante, mulher de poucos excessos – nas roupas e na vida. Leve, tranquila, sempre valseando seu charme por aí. Tem um beijo doce, daqueles que arrepiam e transportam para outra dimensão. Não parece, mas muitas vezes ela pode ser perigosíssima, pois carrega consigo um poder incrível de, com seu jeito meigo, impor suas vontades; e é tão difícil dizer "não"...

Metade amor, metade harmonia. Adora o silêncio e muitas vezes brinca de ser introvertida, mas, se o mundo implora pelo seu lado social, sai da frente! Ela adora falar, e, quando tem a oportunidade de expor sua opinião sobre algo em que acredita, seus olhos brilham, cantam... Calma, que eu ainda nem comecei! Mesmo nervosa, faz transparecer uma serenidade receptiva, odeia confusões, se distancia delas sempre que possível. Ela é uma amizade sincera, até demais, fala como se pudesse dizer tudo e, depois, emenda: "Não foi isso que eu quis dizer".

Honestamente? Ela é demais! E todos sabem disso! Mesmo que, volta e meia, ela insista que seus defeitos são maiores que suas qualidades. Mas tudo bem, a gente finge que acredita e continua amando-a mesmo assim.

DIAS LINDOS NASCEM
PRIMEIRO DENTRO DE
PESSOAS BONITAS.

HOLA, QUÉ TAL?

*

Há uma frase de Buda que diz: "A vida não é uma pergunta a ser respondida, é um mistério a ser vivido". E o que vivi naqueles dois dias em um certo lugar, que prefiro não revelar, deu cor e sentido a cada palavra dessa frase.

Depois da chatice do *check-in* no hotel, peguei o elevador e, ao pisar no meu andar, ouvi uma música extremamente agradável, que ficava mais alta a cada passo que eu dava em direção ao meu quarto. A língua em que a música era cantada não me era familiar; talvez catalão ou holandês, não sei, mas a voz da cantora era inebriante. Parei por alguns segundos em frente à porta de onde vinha o som e olhei para o número do quarto: 1.407. Pensei: "Bela canção. Bom gosto!". Dei mais alguns passos e chequei o número na placa da porta seguinte: 1.409. Esse era o meu canto, onde eu iria tomar banho, comer algo e cair na cama como se não houvesse amanhã.

Um pouco mais tarde, ao abrir a porta para o serviço de quarto, que trazia meu tão esperado sanduíche, percebi no chão acarpetado ao lado da porta do 1.407 uma garrafa de vinho vazia. Larguei meu sanduíche na mesa e, com uma curiosidade digna de Sherlock Holmes, fui checar a garrafa. Um Beaujolais Nouveau (famoso tipo de vinho francês que é lançado no mês de novembro de cada ano com uma grande festa). Estou longe de ser um *expert* em vinhos, mas posso dizer que sei bebê-los. Principalmente em boa companhia. Meus pensamentos viajaram, e eu logo liguei a música hipnótica e suave ouvida anteriormente ao frescor e ao bom astral do charmoso vinho, que, com certeza, havia sido saboreado ao som daqueles acordes recheados pela doce voz da cantora.

Pensativo e com um sorriso bobo na cara, voltei ao meu quarto. Deitei na cama e fiquei olhando para a porta, tomado por uma curiosidade do tamanho do Cristo Redentor e instigado até o último fio de cabelo, com uma certeza quase absoluta de que se tratava de uma mulher. O clima era tão encantador e feminino. Esqueci o sanduíche e fiquei concentrado em cada ruído que vinha do corredor. Definitivamente, eu queria saber quem era aquela pessoa. A TV ligada em um programa qualquer não era capaz de tirar a minha atenção dos sons do lado de fora do meu quarto.

De repente, uma batida de porta mais forte me fez levantar num pulo e correr até o olho mágico. Meu coração disparou ao ver as costas esguias e os longos cabelos negros que balançavam suavemente conforme ela andava. Fiquei estático, grudado na porta. O elevador chegou, e ela desapareceu sem que eu conseguisse visualizar seu rosto. A essa altura, eu já a imaginava a mulher mais linda e charmosa do universo – minha imaginação sempre fértil.

Continuei atento a cada barulhinho, na esperança de vê-la chegar, para, quem sabe, abrir a porta como quem não quisesse nada e falar algo. Sei lá, eu estava adorando aquela brincadeira de gato e rato, de mistério, que eu mesmo tinha inventado – e ainda era o único jogador. Mas acabei adormecendo e sonhando com ela.

Pela manhã bem cedo, desci até a recepção e perguntei discretamente ao recepcionista sobre minha vizinha de quarto: descobri que ela era espanhola e estava hospedada sem acompanhante. Fui – quase correndo – para o restaurante do hotel tomar café da manhã, ansioso pela possibilidade de encontrá-la. Educadamente perguntei ao garçom que controlava concentrado uma lista de hóspedes se, por acaso, a hóspede do quarto 1.407 já havia tomado seu café. Não consegui disfarçar minha alegria diante da resposta negativa. Parei e mapeei o ambiente em busca de um lugar estratégico para não perder de vista cada pessoa que entrava ou saía. Depois de duas horas, cinco cafés, três sucos de laranja, muitas frutas e inúmeras torradas, o serviço foi finalizado, e nada dela... Frustração, dor, sentimento de culpa (pelo abuso alimentar) e vontade de ir ao banheiro: foi tudo o que me restou.

De volta ao meu quarto, cravei os olhos no computador para tentar escrever, mas os ouvidos continuavam atentos ao corredor. Eu estava mais alerta do que gato em dia de chuva, rindo de mim mesmo pelo ridículo da situação. Novamente, uma batida seca de porta, e voei até o olho mágico, pelo qual a vi vestida de short e camisetinha, com uma toalha nas mãos, denunciando que estava indo para algum lugar onde tivesse sol, ou seja, a piscina do hotel.

Em dois segundos, ou menos, eu estava sentado no bar da piscina, apreciando aquela mulher sendo dourada pelo sol, totalmente desinteressada no que acontecia ao redor. Redor esse que me incluía. Mergulhei na piscina, nadei, caminhei perto dela, pensei em mil abordagens, diálogos e desdobramentos, até que reparei que ela bebia uma margarita. Esperei que terminasse seu drinque e, sem pensar muito, pedi outro e levei para ela.

Esse curto trajeto, que percorri com o olhar fixo nas lentes dos óculos escuros que escondiam seus olhos, pareceu levar horas, tantas foram as coisas que passaram pela minha cabeça. Chegando perto dela, balbuciei:

– Hola, qué tal? – Por que não estudei espanhol, por quê?! – Un regalo… – E abri um sorriso mais amarelo do que o sol.

A resposta – acompanhada do gesto de tirar os óculos escuros para revelar dois olhos quase transparentes de tão azuis, porém frios como *icebergs* boiando num rosto perfeito – veio como um jato de água fria:

– Não, obrigada. Eu estou e quero ficar sozinha. Agradeço sua atitude educada, mas não estou em clima de papo. – Ela falou isso em alto e bom português, com um leve sotaque hispânico.

Dei meia-volta e me afastei, bebendo a margarita de um gole só. Doído por ter tomado um fora depois de tanta dedicação e coragem, mas orgulhoso de mim por ter tentado. Não me perdoaria se não tivesse feito o que fiz. Nem tudo foi em vão; segui, por fim, o que Buda pregava: o mistério a ser vivido, eu vivi naquele momento…

OS LOUCOS SÃO
PESSOAS COM
SENSIBILIDADE À
FLOR DA PELE.

LARGA DE SER TROUXA

Todos nós já fizemos papel de trouxa alguma vez na vida. (Imagino que ler isso seja um bálsamo para quem está nessa situação neste exato momento!) Antes de iniciar esta conversa – sim, quero que este texto seja uma conversa –, vamos combinar que admitir estar sendo feito de bobo não é motivo de desvalor. Acontece com todo mundo. Sim, até com aquele ator famoso que posta fotos lindas com a namorada em Santorini.

Antes de continuar, preciso explicar o que entendo por ser feito de trouxa em uma relação. Ser trouxa aqui não é exclusivamente se foder no ato de amar. (Desculpa, mas precisava do palavrão para dar aquele tapa amigo na cara.) Ser trouxa não é não ser correspondido ou terminar um relacionamento que tinha tudo para ser duradouro. Isso tudo faz parte da vida, acontece, é o risco de amar e viver a dois. Você começa a ser feito de bobo quando, durante muito tempo, cede mais de si do que recebe do outro – e não é raro que o outro deixe claro esse descaso. É quando, com frequência, você guarda sua autoestima na gaveta. Quando se cega para os indícios e acredita que poderá mudar alguém que olha para você com desatenção.

É duro admitir que está sendo feito de trouxa. Pode acreditar, eu sei. Mas não temos outra opção. Uma das maneiras de perceber se a relação em que você está tem futuro ou se você está sendo trouxa é perceber o quanto a sua autoestima e o seu amor-próprio são afetados. Às vezes você tem que se dedicar mesmo, dizer que ama, voltar atrás e ressignificar certas coisas, mas sempre, sempre precisa sentir que o outro, mesmo que seja pouco a pouco, está retribuindo, alimentando o seu gostar e a sua forma de demonstrar amor. Quando o gasto de vitalidade é maior do que a fonte que te energiza, quando o choro é mais frequente do que o riso, é hora de se questionar até que ponto está valendo a pena se doar.

Procure ver as coisas com mais clareza e nunca se sinta só no medo da falta de reciprocidade. Acredite, todos passamos por essa terrível sensação de não nos sentir aceitos. Procure conversar consigo e amar a maneira como você ama: devotada, vibrante e sincera. E lembre-se: bobo não é quem ama, mas quem deixa de amar.

HISTÓRIAS INTERROMPIDAS

*

A sensação de ter uma história de amor interrompida é dolorosa demais para ser absorvida rapidamente, sobretudo quando tomamos consciência de que o tempo passado juntos não irá se repetir e as lembranças dos momentos felizes parecem abrir buracos em nosso coração.

Um amor que sofre uma inesperada intervenção do destino nos corrói justamente porque nunca saberemos o seu fim. A gente sofre e, na nossa cabeça, dá continuidade à história. A gente fantasia e alonga os anos, sempre trilhando o caminho da perfeição. Essa narrativa nunca desanda, nem tem rotas espinhosas, já que no mundo dos amores eternos podemos ser deuses e decidir o nosso destino.

Ter uma história de amor interrompida é se despedir de uma pessoa querida que parte para o desconhecido. É dar adeus a nosso lar – onde nos sentimos aconchegados e protegidos –, que tinha tudo para continuar sendo o nosso recanto.

O fato é que dizer adeus é dolorido demais para que saibamos lidar com isso com maturidade; o sofrimento da partida é sempre inédito – e necessário. Precisamos nos preparar para a hora de nos despedir e aprender a guardar os bons momentos na memória, mas sem achar que tudo o que *não* aconteceu seria lindo.

A liberdade de amar

Quem me acompanha há algum tempo sabe quanto gosto de falar sobre a relevância de amar com leveza e paz e como acredito em uma forma de amar que não só transcende o fogo da paixão, mas também pousa na serenidade do olhar. Por isso queria dividir alguns pensamentos que não saem da minha cabeça: honestamente, você consegue imaginar que existem pessoas que dizem se amar, mas que não se respeitam?! Que manifestam que sentir ciúmes é prova de amor e cuidado, mas nunca se questionam o porquê de não confiar inteiramente em quem elas mesmas escolheram para amar?! Que de forma ardilosa traem com planos traçados a dedo e, como se fosse uma justificativa plausível, colocam a culpa no instinto e na necessidade de resolver as suas, tão suas, necessidades?! Que proclamam tantas regras e modelos para amar, mas não seguem a mais básica "diretriz" da vida: o livre-arbítrio. É, sem dúvida precisamos aprender um novo jeito de amar...

Antes de qualquer coisa, preciso contar a você que, feliz ou infelizmente, ainda não sei ao certo, nasci dotado de uma intensidade que constantemente me faz esquecer a importância do meio-termo. Muitas vezes me perdi nas tempestades do coração e, pior, tive que construir novos corações dentro de mim, pois os anteriores já haviam sido destruídos em meio ao temporal. Mas mesmo assim, entregue ao inesperado sempre que meu coração se sente cheio de amor, discordo dessa forma de amar que insiste em roubar os momentos de paz um do outro. Se o amor não for sinônimo de paz e liberdade, o que será?!

O amor é um encontro que nós escolhemos, é uma junção de pessoas que procuram ampliar as suas respectivas liberdades, e não excluir a da outra. Fato é que todo ato de amar deve ser um exemplo. Até porque como um amor legítimo e sereno não seria um exemplo para todos nós?! O amor admirável, do tipo pelo qual nossos olhos se enchem d'água e a gente torce para continuar, acontece quando a liberdade nele vivida exponencializa a liberdade dos que estão por perto. E não sei se vocês sabem, mas a liberdade nasce conosco, não é preciso conquistá-la, ela é nossa por direito. E deveríamos ficar furiosos quando alguém, mesmo que de forma velada, tenta tirá-la de nós.

Já conheci pessoas que julgam loucura amar com "toda essa liberdade", mas será que loucura não seria justamente amar sem ela?! Para não vivenciarmos um amor abusivo e injusto, precisamos saber selecionar não quem vamos deixar invadir o nosso coração, mas quem vai guardar a sua escova de dentes nele. Perceber indícios caso a pessoa, no fundo, não queira abrir os nossos olhos e nos empoderar junto ao mundo, mas sim nos colocar em uma gaiola. Essas gaiolas, muitas vezes usadas como justificativa para cuidar com mais afeição, ou como uma forma especial e dedicada de amar, são, na verdade, pequenas prisões e uma maneira muito triste de matar, dia após dia, o amor-próprio do outro. Nunca se esqueça de que quem sabe amar carrega consigo um olhar de liberdade e sabe que amar nunca é justificativa para colocar alguém dentro de uma gaiola, até porque a liberdade não aceita negociação.

Amar sem deixar o outro livre para escolher, sem confiar na escolha que você mesmo fez de parceiro, não é amor, é possessão. Amar é amar a pessoa, não somente a influência que ela tem sobre você. Amar é confiar na escolha que você fez desde que disse o primeiro "eu te amo". Amar não é "dar" liberdade, mas sim respeitar a liberdade que cada um já carrega consigo. Isso é amar...

NÃO DIGA "SIM" QUERENDO DIZER "NÃO"

*

Durante boa parte da minha vida, um dos meus maiores medos – não vou entrar em detalhes sobre os outros, isso pode ser constrangedor – foi dizer "não" para outras pessoas. Por causa de uma insistente necessidade de ser aceito, benquisto e querido, eu jogava minhas prioridades para escanteio e fazia malabares com os ponteiros do relógio para atender às necessidades de quem – depois eu descobriria – pouco se importava comigo. Para piorar, nas poucas vezes em que conseguia dizer "não" a situações que certamente não me fariam bem, eu acabava tomado por questionamentos retóricos, até um certo peso na consciência, como se eu não tivesse feito a coisa certa. Foi uma época triste, de grande desperdício de energia, mental e física.

Até o dia em que, depois de acudir, amparar e sorrir para pessoas que nunca me sorriam de volta, resolvi me escolher como porto seguro para mim mesmo.

Aprendi a pensar no que de fato é importante para mim, me colocar em primeiro lugar. O que significa não dizer "sim" quando quero dizer "não" apenas para agradar aos outros, respeitar o meu limite e não fazer nada que me fira.

Não que eu ache que devemos deixar de estender a nossa mão para quem nos pede algo, até porque isso não seria uma atitude honesta com quem somos; só precisamos aprender a nos proteger de quem tem múltiplos interesses mas poucas intenções sinceras. Entender a quais situações devemos nos entregar é um demorado aprendizado.

Hoje estou melhor, observo mais os olhos do que as palavras de quem me pede algo, mas admito que continuo tendo dificuldades em recusar panfletos na rua.

POR QUE ELES AMAM AS LOUCAS MAS SE CASAM COM OUTRAS?

Na música "As loucas", Rita Lee diz: "Eles amam as loucas, mas se casam com outras". Quando ouvi essa música pela primeira vez, nem faz tanto tempo assim, fiquei pensando sobre o que essa frase realmente poderia significar e quem seriam essas tais "mulheres loucas".

Seriam loucas as mulheres livres, aquelas que curtem fazer sexo independentemente de estarem ou não em um relacionamento?! Seriam loucas as mulheres que vivem as suas verdades sem se preocupar com o que os outros possam pensar?! Se liberdade for sinônimo de loucura, sou completamente apaixonado por mulheres loucas; na cama, nas decisões, nas relações, nos próprios sonhos, na coragem com que enfrentam a vida.

Até percebi que todas as mulheres que me rodeiam são loucas – ainda bem! Minha mãe é louca, minha namorada é maluca... na verdade, minha família toda é pirada, e olha que não temos cadáveres no sótão de casa, não saímos correndo pelados por aí, muito menos colocamos *ketchup* na pizza. Somos só diferentes no modelo familiar, falamos de sexo abertamente, comemos coisas que nem todos gostam, funcionamos em horário não comercial e toda noite antes de dormir tomamos chá de gengibre com alecrim. E, por mais que eu soe como alguém doce, na visão da sociedade, também sou um homem louco. Ando com roupas velhas, gasto dinheiro com coisas supérfluas, trabalho com arte, tenho tatuagens das quais as pessoas dizem que posso me arrepender e bebo a minha cervejinha às três da tarde de uma quarta-feira. Que loucura, não acham?!

Para mim, diferentemente das pessoas que ainda separam a sociedade em pessoas para casar e para curtir, loucura é não deixar o outro sair sozinho enquanto vocês dizem se amar e se respeitar, é quebrar o celular da companheira por ciúmes, é impor regras unilaterais na liberdade do casal, é gostar de alguém mas, por orgulho, fingir que não carrega sentimentos, é adorar fazer sexo mas fingir para o mundo que não, pois um parceiro inseguro pode te julgar.

Mulheres livres só são loucas para homens frágeis. Liberdade nunca é loucura; loucura é a falta de liberdade, loucura é deixar de ser feliz por medo de ser louco.

ELA É MENINA-VENDAVAL:
LEVA PARA LONGE TODAS
AS COISAS RUINS E
TRAZ FLORES E FOLHAS
DE OUTROS JARDINS
PARA O MEU QUINTAL
DE DÚVIDAS.

Procura-se

Quieto e navegando entre os meus momentos de sensibilidade, vou desviando das amizades que atualmente poluem o meu coração. Sinto que, quanto mais me entrego às minhas petições internas, mais conectado comigo mesmo me sinto, mais me afasto dos opostos, das opiniões que agridem as minhas. Seria triste, se não fosse a mais pura verdade. Estou à procura de amizades que me acrescentem e me tragam paz; amizades ciumentas e tóxicas hoje são um distante passado.

Amadurecer muitas vezes dói. É trocar de pele enquanto ainda é inverno. É não se identificar mais com as suas atitudes do passado, muito menos com os pensamentos pessimistas das pessoas que dizem te amar mas que não agem como se amassem. E será que realmente amam? Será que teriam atitudes de doação no momento em que você precisasse? Amar somente com palavras me soa tão fácil...

A idade só me traz boas novidades; amores calmos, uma casa com um jardim cheio de plantas, uma ou duas viagens por ano e uma distância segura daquilo que afeta o meu bem-estar. Estou aprendendo a me respeitar, e essa é a melhor parte de amadurecer. É uma pena somente que o processo de amadurecer seja algo tão solitário...

PRONTO PARA AMAR

Muitas vezes, com medo das infinitas possibilidades, dos amores frustrados, das tristezas que nos pertencem – as quais gostaríamos tanto que não fossem nossas –, sem perceber, acabamos nos distanciando do amor que um dia imaginamos que iríamos viver. Acontece que planejar o surgimento do amor é algo triste; o amor não cabe em planilhas; os sentimentos acontecem no improviso, na capacidade sensível de percebê-los nas pequenas coisas, nas particularidades de cada um. Um amor não se arquiteta, nem se escolhe como se fosse uma fruta na quitanda; nós só estamos ou não prontos para recebê-lo… e nós estávamos.

VOCÊ NÃO PRECISA SER FORTE O TEMPO TODO

*

Um dia, em um livro, escrevi que chorar é preparar a alma para coisas novas. E cada vez mais acredito que isso seja verdade. Eu, por exemplo, costumo chorar com certa frequência, na maioria das vezes sozinho e sob pouca luz. Não que haja regras para chorar, mas é como se o meu choro só conseguisse ir ao banheiro de casa... (Será que essa metáfora ficou muito ruim?) Conforme as lágrimas caem, gosto de repensar e pesar cada uma delas, como se cada uma carregasse um motivo a ser compreendido, uma importância a ser dada, uma conversa a ser proposta, um adeus a ser aceito.

As pessoas que choram não são pessoas fracas, como muita gente pode pensar. Elas são fortes o suficiente para assumir suas fragilidades e chorar quando o corpo pede. Elas são fortes justamente por saberem respeitar seus limites. A gente desaba – é inevitável –, e não é justo ter que lidar com a pressão social de não poder desabar. Já basta o peso das tristezas acumuladas.

Muita gente diz não poder demonstrar suas fragilidades para não colocar para baixo quem está perto. Mas essa luta interna acaba criando, mesmo sem querer, uma imagem de que somos inabaláveis, e, caso um dia as lágrimas insistam em cair, as pessoas à nossa volta serão surpreendidas negativamente, afinal não esperavam isso de nós.

A verdade é que um dia a gente não aguenta e chora sem perceber. Acontece. E tudo bem. Pode chorar, chore muito, deixe as mágoas escorrerem pelo seu rosto; elas precisam ir embora por algum lugar. Ser forte não é saber conter certas emoções, mas sim saber quando soltá-las ao mundo.

É MAIS DO QUE AMOR, É CUMPLICIDADE

Sempre considerei que um bom relacionamento é aquele em que as duas pessoas se completam ao máximo. Namoro tem que ser grudado, coisa de pele, de toque, de cheiro, dois em um, mas, acima de tudo, tem que ter cumplicidade e confiança.

As relações duradouras dependem de cumplicidade, e cumplicidade é algo que se conquista, um estado de entrega e devoção. Ela acontece quando dois seres caminham juntos e misturados em busca de algo que dê à vida um pouco mais de sentido. Parceiros de algo incompreensível para quem está de fora. Esse talvez seja o grande diferencial de viver em cumplicidade. É um viver dois em um, dois que se somam para se tornar quase imbatíveis nas questões cotidianas e que nem sempre são entendidos por quem os cerca. É quase um isolamento no qual um se recarrega com a energia do outro. É um mais um que resulta em mais do que dois. Porque existe a vida de cada um e existe uma terceira vida que nasce da soma das duas, muito maior, muito mais abrangente, muito mais bonita e invejável.

Sim, esse tipo de relação gera inveja, mau agouro. Muita gente almeja e não alcança uma relação assim, e aí começam as críticas, as falsidades, tudo para tentar romper o vínculo tão raro e desejado que é a cumplicidade entre dois seres.

Existe cumplicidade também nas amizades. Aliás, não é difícil encontrar relações de amizade assim. São relações entre pessoas que são confidentes, que guardam segredos íntimos, que dividem sentimentos profundos – algo que beira o inexplicável. É mais que amor, é cumplicidade.

A cumplicidade é, enfim, uma teia que une pontos obscuros da alma de um com pontos brilhantes da alma do outro. Ela cresce quando há um ambiente propício; a sinceridade é o oxigênio que ela precisa para respirar e se propagar. A cumplicidade torna seus hospedeiros pessoas mais fortes e felizes, pois têm na outra parte algo rico e digno de orgulho.

Se você é capaz de ser cúmplice de alguém, parabéns! Se não, exercite a cumplicidade. Permita que ela se entremeie na sua alma e nas suas atitudes e, principalmente, reconheça quem ao seu redor merece receber tal dádiva.

O desafio de amar

Eu juro que, no que diz respeito ao amor, luto para não ter a obsessão, tão humana, de sofrer, de sempre trilhar o caminho mais difícil. É impressionante como o amor só parece ter graça se estiver no galho mais alto da árvore mais alta ou a milhares de quilômetros da normalidade que supostamente tornaria nossa vida mais fácil. De onde vem esse tipo de conduta sentimental?

Olhamos lá longe, para o destino almejado, para quem gostaríamos de ter ao nosso lado, e não enxergamos quem está a poucos metros – ou centímetros – de nós. Bem pertinho, do nosso lado, pode estar uma pessoa que se esforça para se fazer ver, zelosa de nós, disposta a fazer coisas surpreendentes para nosso bem. Mas achamos isso bobagem, não nos toca; olhamos para isso do alto de nossa soberba amorosa e jogamos para escanteio. Fácil demais!

Voltamos nossos esforços e nossa energia às relações ruidosas, distantes, quase impossíveis, que nos transformam em zumbis amargurados, sempre reclamando da ausência de sorte. Parece que gostamos de carregar pedras, de trilhar caminhos mal iluminados, em vez de gastar nossa energia com quem está perto, disponível e com vontade de criar algo que nos proporcione uma felicidade diferente, de dar nova luz aos nossos dias tristonhos.

Não estou defendendo aqui a opção pelo caminho mais fácil, nem pelo comodismo do falso amor. Estou, sim, questionando nossa predileção pelos grandes desafios amorosos, pelo heroísmo das conquistas, pela exaltação do sacrifício. Talvez sejamos complicados e difíceis no desenrolar de nossas emoções. Talvez nossa natureza seja desbravadora, conquistadora e selvagem.

Mas será mesmo que não vale a pena olhar para o lado e abrir o coração para quem está disposto a oferecer o dele? Tente. Pelo menos uma vez. Se não te satisfizer, você ao menos terá a consciência de que tentou e poderá seguir em frente sabendo que tem dificuldade em amar o simples.

CADA UM SENTE DE UMA MANEIRA

*

Quando a saudade te atropela, você chora entre soluços silenciosos e enxuga as lágrimas como se não devesse sentir o que está sentindo, ou, sem pensar nas consequências, liga correndo para dizer que ama loucamente e que está morrendo de saudade da pessoa? Quando, pela frestinha do coração, a carência dá as caras, você prefere dormir coladinho, dividir as cobertas e trocar carinhos na cabeça e nas mãos antes de dormir ou prefere preservar o seu espaço e a sua própria coberta – quem mandou o parceiro puxá-la enquanto dorme? Você diz o que verdadeiramente sente ou guarda somente para si? Você deixa o outro saber quão amado é ou se sente vulnerável ao dividir seus mais puros e honestos sentimentos?

Existem pessoas que tratam o amor como se ele fosse um jogo. Com fases, objetivos e territórios a serem conquistados e, caso as fases não sejam seguidas à risca, passo a passo, a vitória não será sincera. "Se a pessoa me ama, tem que dizê-lo todos os dias pela manhã." "Se me quer em sua vida, tem que dizer e ainda me trazer presentes toda semana." "Se quer me conquistar, tem que demonstrar repetidamente que me deseja." O fato é que verdades absolutas no amor sempre são injustas. Cada um demonstra os sentimentos de uma forma, então tentar definir uma maneira que você acha certa é injusto com quem aprendeu a demonstrar o amor de outra forma.

Acontece que não é possível deixar de levar em consideração como os traumas e a diferença de criação impactam na maneira como demonstramos os sentimentos. Alguns falam, gritam e só não fretam um carro de som pois seria cafona demais para os dias atuais. Outros demonstram o amor na paciência, na calma, no olhar sereno e distante. Outros amam com intensidade e transportam esse amor em breves momentos de beijos e toques que fazem arrepiar. Eu, por exemplo, mergulho de cabeça e, na maioria dos casos, demoro para achar a saída das profundezas. Gosto da intensidade com a qual nasci, mesmo que muitas vezes ela me leve para o fundo do poço.

A verdade é que a parte mais bonita do amor está em situações as quais só a sensibilidade pode notar. Perceber nos detalhes o amor que o outro sente por você é uma das sensações mais delicadas e sublimes da vida. Às vezes, pode ser um toque sutil na perna do outro por baixo da mesa de jantar, ou um sorriso quando vai ao banheiro que diz "já volto, me espera..." ou um "te amo" inesperadamente dito durante o sexo. Observar nos detalhes, nas particularidades, quando o outro declara o seu amor é uma das descobertas mais gostosas ao amar.

Fato é que não existe uma maneira correta de demonstrar o amor; o importante é dizer, demonstrar, seja como for.

NÃO PEÇA PARA O TEMPO PASSAR

Antes de mais nada: não vou fazer nenhuma piada infame sobre uvas e passagem do tempo, fiquem tranquilos, estão a salvo.

Vocês já perceberam como muitas pessoas vivem constantemente querendo que as situações da vida simplesmente passem? Vão à escola esperando o período terminar, vão à natação esperando a aula acabar, começam a faculdade esperando concluir logo o curso, começam a semana ansiando pela sexta-feira, amam esperando que as fases ruins passem com rapidez. Mas, sem vivenciar – de corpo e alma – todas essas situações, de onde viriam os aprendizados e os frutos?!

Procurar a "alegria final" e não perceber as pequenas alegrias diárias é pedir para ser uma pessoa frustrada no quesito felicidade. Felicidade é algo pequeno; é uma música que a gente não escutava há anos e, de repente, a escuta como se fosse a primeira vez; é um selinho, simples, bobo, que damos na pessoa com quem imaginamos mundos; é ver as mudas das nossas plantinhas crescerem. Felicidade não é algo que se planeja, mas a sensibilidade de perceber os detalhes no decorrer da vida. A felicidade está justamente na "passagem".

Não se preocupe em não sofrer, o sofrimento é inevitável; se preocupe em como se recuperar das dores que surgirão. Sofrer é uma constante para todos, eis a vida! Tristezas e alegrias passam. Amores e desamores passam. A gente passa, a nossa família passa. E, se ficarmos preocupados com a passagem do tempo, e com as agruras que ele carrega consigo, um dia seremos somente um sonho que passou, sem termos realmente vivido. E eu não quero ser um sonho que ficou engarrafado e não se realizou porque as minhas expectativas eram grandes demais para a simplicidade que a vida pede.

O PERDEDOR NUNCA
É QUEM AMOU
INTENSAMENTE, E SIM
QUEM DEIXOU DE AMAR.

AINDA BEM

*

Terceiro encontro, tudo fluindo bem, um tesão daqueles inexplicáveis, frio na barriga e aquele pensamento: "Desta vez é diferente, sem dúvida". Clima todo construído: duas borrifadas de perfume, música no carro, restaurante escolhido com todo o carinho para uma noite especial. Enfim, tudo certo; meu único pedido era para que ninguém atrapalhasse, porque de ajuda eu não precisaria. Tudo caminhava para uma noite cheia de sorrisos.

Ela estava linda! Eu não cansava de olhar para aquele rosto que exibia tanta simplicidade e beleza em contornos; sua boca e seus olhos me levavam para longe e me inspiravam de uma maneira quase incontrolável. Bebidas já sobre a mesa, e eu, confiante, disparei:

– Sabia que você mexe muito comigo? – Meus olhos estavam cravados nos dela. A mesa era a única coisa que havia entre nós.

– Você também mexe muito comigo... – A frase foi acompanhada de um olhar muito menos quente do que o meu, mas que mesmo assim me incendiou por dentro.

– Você não parece muito empolgada com isso... – falei, ainda olhando nos seus olhos bem pintados, que, infelizmente, hesitavam disparando para todas as direções.

– É o seguinte: eu não quero me envolver de uma forma que me prenda em uma relação. Não é que eu não goste de você. Tem a ver com o meu momento atual de vida.

Admito que a naturalidade de suas palavras me doeu. Foram como flechas disparadas contra meu corajoso e bem-intencionado coração. Seu olhar estava me deixando intrigado por não se fixar no meu. Mesmo assim continuei, pois estava sentindo algo diferente, ainda que não fosse correspondido:

– O que você quer entre a gente? – Temi que o tom das minhas palavras demonstrasse desespero, mas eu precisava dizer isso. Continuei olhando firme para aqueles olhos hesitantes e disse: – Você não acha que podemos nos dar bem como…

– Como um casal? – ela completou, olhando secamente nos meus olhos, que agora eu fazia questão de não fixar nos dela. E emendou: – E o que eu faço com a Bruna?

Pânico, tensão no ar; por dentro eu era um louco abrindo e fechando gavetas de um armário imaginário à procura da tal Bruna.

– Que Bruna? – Minha voz saiu trêmula. Senti um leve suor na nuca; não queria ouvir a resposta que certamente viria a seguir.

– Eu estou com a Bruna há dois anos, e a gente se dá superbem. Tenho meus flertes, ela tem os dela, e nós temos uma à outra. Será que você entende isso?

O chão sumiu, minha cabeça rodou. Meus lábios se moviam devagar. Eu devia estar com a expressão mais esquisita do mundo.

– Claro... Por mim, tudo certo... – falei sem pensar, me jogando num abismo cuja profundidade só os apaixonados conhecem.

Ela me encarou em silêncio por dois segundos e falou:

– Ufa, que bom!

Então mudou de feição, assumindo um ar de menina que ganhou um presente, ou uma batalha verbal com alguém – ainda que o amor nunca deva ser uma. E eu fiquei juntando os cacos do que imaginava que seria uma relação típica entre duas pessoas de sexos opostos, mas que se transformara no começo de outra história, uma na qual eu teria que dividir meu amor com a Bruna.

Os tempos mudaram, e eu faço parte desse novo mundo. Ainda bem...

Por que não temos uma foto nossa?

Percebi hoje de manhã que não temos no nosso quarto nenhum porta-retratos com uma foto nossa. Saudade de quando as pessoas colocavam fotos dos seus amores, da sua família, no criado-mudo ao lado da cama. Alguém ainda faz isso?! Não sei por quê, justo nesta manhã chuvosa, resolvi que quero deixar ao lado da nossa cama um lembrete do nosso amor e de como temos o privilégio de ter boas lembranças para comemorar.

Que tal você escolher a foto? Escolha uma, que vou revelar hoje mesmo! Pegue uma divertida, ridícula, em que transpareça nosso amor e companheirismo. Quero abrir um sorriso espontâneo toda vez que olhar para ela. E sempre que a gente estiver distante, e eu, como de costume, me torturar de saudade, essa imagem será o meu porto seguro, minha recordação de que o que sentimos um pelo outro ainda é tão atual.

Pode ser uma foto feliz, boba, pois ao seu lado me sinto um menino que acordou adulto e está empolgado com a vida! E não quero perder isso jamais, mesmo que me digam que ainda preciso amadurecer no quesito amar. Não sei se há algo nesta vida tão gostoso quanto despertar com a lembrança de que estamos amando e sendo correspondidos...

ENSAIAR O ADEUS É UMA
DAS ESTREIAS MAIS
TRISTES DA VIDA.

É dor ou tristeza?

Eu tenho comigo muitas tristezas, que um dia já foram dores. Essas tristezas têm suas razões e seus culpados – na maioria das vezes, eu mesmo. Grande parte delas se refere a situações em que tive de dizer adeus sem estar preparado. E há como se preparar para o adeus? Honestamente, eu acho que não; ensaiar o adeus me parece impossível e desnecessário, porque a cada vez é uma nova plateia, uma nova cena, e – ainda bem! – não há tempo de decorar as falas do nosso personagem (até porque seria ridículo termos frases prontas para um momento que tanto pede sensibilidade).

Bem, como eu disse, o que era dor hoje é somente tristeza. Qual é a diferença entre elas? Para mim, a dor é o primeiro impacto que se instala em razão de um trauma. A dor lateja, grita, pede socorro, produz um desespero difícil de carregar. Alguns desses traumas são maiores, outros são menores, mas todos são significativos. Cada pessoa recebe o golpe de uma forma, e não se pode relativizar a dor de ninguém. Tentar mensurar a dor alheia, como se houvesse uma régua dos sentimentos, é de uma ignorância sem fim. É preciso sempre respeitar a singularidade de quem é tirado pela dor para dançar.

Já a tristeza é o sentimento que vem após a dor; depois de o torpor ter abandonado o seu corpo e aberto espaço para a reflexão. A tristeza é a conversa, a calmaria melancólica após a turbulência, é a aceitação daquilo que passou. Você está triste, sabe disso, mas não está em desespero.

Se pudéssemos dar forma humana para a dor e a tristeza, a primeira seria uma criança abrindo o berreiro em busca de atenção, já a segunda, um senhor sentado na poltrona de sua casa conversando sobre a vida e dando conselhos importantes com base em suas experiências.

Tanto a dor quanto a tristeza têm sua importância, e não devemos fugir delas. De fato, devemos dar-lhes a devida atenção. Com o tempo, a dor vira uma tristeza que nos habitará para sempre. E quando, de repente, essa tristeza surgir, querendo ganhar força, doe um pouco do seu tempo, converse com ela, pergunte o que quer e o que você pode fazer para ajudá-la a ficar em paz; ela, como nós, é carente e precisa de longas conversas para se sentir bem. E, com o tempo, vocês se tornarão amigos, já que ela sempre será uma companheira fiel. Principalmente nos dias de chuva e companhia rara.

AMIGO MAR

*

O mar me traz uma paz que poucos amores me trouxeram. No balançar das ondas, lembro somente de mim, dos meus detalhes que muitos já disseram ser defeitos e contradições. Quando mergulho e sinto sede do infinito, faço perguntas as quais eu gostaria muito que fossem respondidas: "Quem sou?", "Será que o amor que tanto anseio virá?", "Será que os meus sonhos um dia deixarão de ser somente aventuras que construo na minha cabeça antes de dormir?".

Tenho uma forte ligação com o mar, sinto como se ele nunca me negasse um abraço, uma canção de ninar ou um mergulho nas minhas origens. Quando me lanço ao mar, me curo de sensações que a minha sensibilidade absorve sem a minha permissão. Deixar no mar, entre as ondas, coisas que não fazem mais sentido dentro de você é sempre um pedido de reciclagem aos céus.

O mar é sensibilidade pura, é salgado no paladar, mas doce na aparência. Os meus melhores momentos foram em frente ao mar, principalmente quando ele ousa se juntar ao pôr do sol… Algo tão belo que chega a ser injusto com o restante da natureza.

NÃO HÁ COMO VIVER SEM FRUSTRAR AS EXPECTATIVAS QUE OS OUTROS TÊM

NOSSOS SONHOS

EXPECTATIVAS QUE

SOBRE NÓS.

ELE NÃO TE MERECE

Já vou logo avisando: este texto foi feito para doer. Se você está realmente segura de que ele gosta de você e te merece, não precisa ler estas palavras. Vai fazer outra coisa, vai caminhar na praia com ele, os grãos de areia entre os dedos dos pés, um coco nas mãos. Vai tomar um chimarrão com ele embaixo da coberta, as pernas entrelaçadas, conversando sobre a próxima viagem juntos ou sobre como vocês imaginam a família que talvez terão. Se você tem certeza do gostar, não vai querer ler um texto que questione isso.

Eu avisei que seria dolorido...

Um dia desses, em uma ida ao bar com alguns amigos e com amigos de amigos, entre petiscos e cervejas e outras bebidas coloridas que foram surgindo na mesa, ouvi a seguinte frase de um dos amigos de amigos para sua mulher ou namorada ou ficante: "Não parece, mas eu te amo". Eu estava longe deles, em outra conversa, mas ouvi. Ouvido de escritor. A minha vontade foi de levantar e correr com as mãos na cabeça até a mulher para salvá-la daquele naufrágio sentimental; mas, pelo bem do resto das pessoas na mesa, fiquei apenas observando a situação e torcendo para a mulher sorrir amarelo e mandar mentalmente o cara à merda – o melhor seria se ela fizesse isso de verdade, mas isso ia depender da quantidade de bebida ingerida por ela.

Por Deus, quem em sã consciência diz "Não parece, mas eu te amo"?! Que frase péssima! No silêncio do meu copo vazio, fiquei pensando: quem diz que ama mas não quer ou não consegue demonstrar? Nem com um sorriso, um beijo, um toque, uma mensagem, um convite, um gesto?

Parece óbvio, e é: se a pessoa gosta de você, você sempre vai saber. "Mas, Fred..." Você. Sempre. Vai. Saber. Não é possível se relacionar com alguém e ter dúvidas se ele gosta de você. Quando há amor, não é possível escondê-lo; ele vaza, sai pelos poros, não há como, nem por quê, conter o amor quando ele realmente existe. Num primeiro momento, o amor talvez não se manifeste com grandes declarações, mas sim com pequenas atitudes e olhares. Se a pessoa nunca demonstra o que sente, nunca fala o que sente, se nem sequer balbucia expressões de carinho, será que ela realmente sente? Pode ser uma piscadinha, um simples "oi" no meio da tarde, uma breve mensagem que mostre ao outro que lembrou dele durante o dia! Como já falei, quando a gente ama, quer que o outro saiba que está sendo amado.

Olha, talvez o cara não seja uma pessoa ruim ou mal-intencionada, mas talvez também essa relação não mereça que você gaste sua energia, sua vitalidade, sua dedicação.

Para dizer adeus a algo que não nos faz bem, não precisamos nomear um culpado; isso só serve para aliviar o peso das nossas escolhas. Simplesmente deixe-o ir, sem criar vilões e mocinhos.

Não vale a pena se manter em uma relação que dá mais trabalho do que a solidão.

“POR QUE VOCÊ AINDA ESTÁ SOLTEIRO?”

Perguntar “Por que você ainda está solteiro?” é uma atitude de tanto mau gosto quanto dizer a alguém que ele está malvestido ou que aquela roupa não combina com ele – sem que ele tenha pedido. Veja, o problema aqui não é estar solteiro, e sim questionar sobre a solteirice alheia, como se não estar em um relacionamento fosse um transtorno ou espécie de derrota pessoal, como se a vida de solteiro não fizesse sentido.

Diante da falta de resposta – afinal, quem tem uma resposta para essa pergunta além de “não deu certo”? –, a reação costuma ser a mesma: “Ah, mas deve ter um motivo para você estar sozinho!”. E, obviamente, a pessoa já está pensando nos motivos mais tristes, melancólicos, frustrantes para o seu “problema”.

Na cabeça dessas pessoas, ninguém pode estar solteiro por se sentir bem assim, por estar se dedicando um pouco a si mesmo ou por não querer se relacionar com alguém apenas para preencher sua carência. Mas se o solteiro em questão responde isso, os inquisidores não acreditam, como se a resposta, ou a falta dela, fosse uma desculpa para não reconhecer algo maior, que atormenta a sua alma. Pobre coitado... Mas tentar explicar que simplesmente ainda não rolou é sádico demais, traz questionamentos desnecessários.

A verdade é que é possível ser feliz solteiro, assim como é possível ser feliz se relacionando com alguém. Aliás, só é feliz a dois quem sabe ser feliz sozinho. E, depois, o processo de amar deve mesmo ser mais natural do que premeditado. Colocar pressa e ansiedade nele é pedir para se frustrar.

Agora, se, ao explicar isso para uma dessas pessoas que "só estão preocupadas com a sua felicidade", você ouvir em resposta a seguinte frase: "Você é muito exigente", apenas o deixe falando sozinho.

EM UM AMOR SAUDÁVEL,
A LIBERDADE NUNCA É
ALGO A SER NEGOCIADO.

VOCÊ É CARENTE

*

Sou uma pessoa carente, apesar de adorar o meu convívio com a solidão e as árvores da felicidade que tenho em casa. Parece um contrassenso, eu sei, mas não é. Eu gosto de ficar sozinho, e alguns chamam isso de solitude, mas, não sei, sinto que somente pessoas chatas e que se julgam superiores usam a palavra "solitude" em vez de "solidão". Fico em casa, assisto à televisão, durmo e cozinho coisas que poucas pessoas comeriam, mas tenho orgulho das coisas que invento na cozinha. Para quem não sabe cozinhar, qualquer refeição que beire o "não está tão ruim assim" é um grande motivo para comer sorrindo.

É fato, eu gosto da minha própria companhia, por isso escrevo e me analiso sempre que possível. E escrever, na maioria das vezes, é um alívio para a alma, porém em outras é um coabitar com os seus mais turbulentos e aterrorizantes pensamentos. Não ter rotina parece uma bênção, uma liberdade de dar inveja, mas, se você observar de perto, a rotina é uma maneira efetiva de não dar ouvidos à loucura. Na rotina a gente corre, voa, acelera o coração, mas não pensa muito nas mazelas do mundo. Ficar refletindo demais é sempre um chamado para pensamentos tristes e malucos. E numa dessas loucuras, dia desses, enquanto regava as minhas plantas e cantava "Bella Ciao", fiquei pensando sobre a minha carência.

Não sei se sou carente da maneira que você imagina que uma pessoa carente deva ser. Para mim, carência não é só gostar de carinho nas mãos, de abraçar alguém e de dormir juntos e quentinhos em cobertas que não são usadas há tempos. Carência pode não ser só de um amor "romântico", mas de amigos, de um mundo melhor, de uma família maior, de um taxista mais gentil, de um amigo que jogue futebol com você e te mande para a puta que o pariu, essas coisas. Carência de relações mais firmes e sinceras, talvez essa seja a minha carência. E para carência não há cura, ela só pode ser saciada por um breve tempo. É um sintoma que se acalma com doses homeopáticas de compreensão e carinho.

Desde criança, sempre senti que eu era carente de mundo, gostava de conversar, me nutria da energia dos outros e precisava todo dia de uma nova experiência, uma nova história. Dias sem conversar com alguém me pareciam loucura, mas, às vezes, me caíam muito bem. Não tente entender, só aceite e ria de canto. Maluquices.

Já parou para pensar quão carente você também é? E quão difícil é admitir isso para si mesmo?! Não sei por que as pessoas acham que a carência é uma fraqueza. Fraqueza é não admitir as próprias fraquezas, já que elas sempre existirão. Quando me perguntam o que julgo ser uma pessoa inteligente, sempre respondo que uma pessoa inteligente é aquela que tem uma consciência clara sobre o mundo, que consegue ver o mundo de forma cristalina, sem filtros, proteções nem desculpas, que, no fundo, só servem para nos proteger dos julgamentos – os alheios e os nossos. E admitir a si mesmo suas fraquezas é sempre um sinal de inteligência e maturidade.

Fico muito sozinho, e me sinto muito sozinho no meu trabalho, mesmo nos momentos em que todos acham que estou rodeado de pessoas descoladas e interessantes. Nem sempre elas são tão interessantes quanto parecem. A solidão, neste caso, é interna, e não necessariamente externa. Essa sensação de que poucas pessoas me conhecem verdadeiramente é um dos motivos de eu me sentir carente, por isso pouco me abro em palavras ditas e opto pelas palavras escritas. Desabafar em um texto e admitir minha carência, sem dúvida, é uma maneira que tenho de amadurecer. Louco, não?! Eu disse que pensar demais era uma maluquice. Sim, já reguei as minhas plantas. O que você sugere que eu faça para o jantar?!

VERBO INFINITIVO

O silêncio é bom, mas só se nele não houver mentiras. Dizer a verdade é um passo para o amor verdadeiro, que tem suas imperfeições e tristezas mas nunca morre de desconfiança.

Quando o amor é verdadeiro, o sentimento não falta, sobra, expande, a gente guarda numa caixinha, mas sempre dá medo de perder. Não pela sensação de vazio que se instala depois, mas porque somos especiais juntos…

Tão especiais que eu me pergunto: como a gente ficaria longe por um medo de ser infeliz no futuro, por achar que a dor vai sempre se repetir e que os traumas podem ser generalizados?

Quando a gente ama, divide as alegrias e os erros, o coração e os medos, até mesmo o desproporcional medo de ser feliz. A gente faz carinho na cabeça, no cabelo, na mão, pois não tem como fazer no coração.

"Gostar" é verbo infinitivo, mas de infinito mesmo, só a vontade de não deixar de gostar de você…

Ilustres desconhecidos

Hoje te vi caminhando pela rua em que nos conhecemos. Não sei como, naquele dia, nos encontramos em meio a todos aqueles prédios enormes e espelhados e pessoas avoadas em busca do ponto de ônibus mais próximo ou de um lanche rápido para o almoço. E hoje, novamente, te avistei como se você fosse a única pessoa naquele tumulto. É como se você ainda se destacasse em meio à multidão – pelo menos para mim.

Você me parecia bem, e, de verdade, fico feliz com isso, mas, por outro lado, gostaria de sentir, mesmo que somente um resquício, que ainda habita em você um pouco de saudade da gente. Imaturidade minha, talvez, mas totalmente honesto com o que sinto agora. Nem sempre consigo ter maturidade quando lembro que o sentimento de saudade da gente só existe para um dos lados.

Eu sei que você também me viu, mas nós dois fingimos que não... Por quê?! Acho que estávamos nos protegendo do encontro, do falar, do gaguejar do coração e dos olhares constrangedores à procura de uma desculpa para sair dali. Nos vimos, eu sei, mas não nos cumprimentamos, muito menos trocamos olhares seguidos de um meio sorriso... Como podemos ser tão maduros no amor e tão imaturos no adeus?! Só eu acho estranho fingir que não nos conhecemos quando um dia nos amamos com tanta entrega?

POR QUE DESISTIMOS?

Hoje temos à nossa disposição uma infinidade de coisas. Podemos desejar o que for e conseguiremos encontrar – a qualquer hora do dia ou da noite. E, por termos tantas opções, acabamos sem saber o que escolher. Para onde viajar?! Quem aceitar nas redes sociais?! Que filme assistir?! Qual site de compras acessar?! Com quem marcar um encontro?! Não sabemos nem escolher entre os sabores de sorvete em um dia de sol, como escolheríamos coisas maiores com a convicção que o mundo nos cobra?!

São tantas as opções que acabamos por deixar as oportunidades passar e optando pela inércia. Quando alguma situação fica difícil, o mundo nos sussurra: "Pode desistir, você vai ter outra oportunidade... Elas estão por aí. Qualquer coisa você acha outro namorado, outra casa, outro trabalho, outro lugar para viajar. Você tem tantas ferramentas à sua disposição". E a gente desiste. Afinal, é confortável, fácil.

O triste é quando essa volatilidade atinge o universo das relações. Imagine, no primeiro contratempo, abrir mão em vez de tentar a achar a solução? Se todos pensarmos assim, o que será do amor, que sempre carrega consigo tons de contratempos?

MEU MELHOR AMIGO

*

Se me perguntassem, querendo obter uma resposta concreta, qual seria o meu único desejo, caso eu só tivesse um, eu com certeza responderia: "Continuar trabalhando com o que gosto".

Ao contrário de muitas pessoas que conheço, meu trabalho é meu melhor amigo. Eu poderia abrir mão de amores, de fama e sucesso, mas nunca poderia deixar de lado meu sonho de continuar fazendo o que faço para sempre.

Ah, se as pessoas soubessem o tamanho do amor que tenho pelo que faço! Ah, se elas soubessem que nas entrelinhas de cada texto que escrevo é possível descobrir tanto de mim, do meu passado, das minhas esperanças!

A verdade é que não almejo mundos inalcançáveis, nem coisas que só o dinheiro pode comprar. Eu só quero continuar escrevendo histórias de amores, sejam eles quais forem, comemorando o meu aniversário ao lado daqueles que entendem todos os sentimentos que coloco no papel, de toda a verdade presente em cada texto.

Ah, se eles soubessem como eu amo o que faço! E como não amar o meu melhor amigo?

A MINHA VERDADE

Eu provavelmente nunca vou ser o que você espera de mim. Nunca serei uma constante, alguém previsível e estável. Ficar comigo, eu sei, é estar sempre na corda bamba entre a alegria e a instabilidade, mas este sou eu. Sempre falo que a intensidade é um mal da alma que carrego comigo; tenho uma alma exagerada, tão liberta que me faz chorar pela manhã, me faz querer ajudar todo mundo, me faz me doar inteiramente às coisas nas quais acredito. Essa intensidade e essa liberdade ainda são acompanhadas de muita imaturidade, e eu preciso amadurecer, mas estaria mentindo se dissesse que sou capaz de fazer isso num piscar de olhos. Penso que seria tão mais fácil, para mim mesmo, ser mais linear, mais contido, principalmente pela calmaria em que tanto acredito como proposta de vida, mas não consigo, ainda, seguir com todo esse sossego no meu coração.

Meu coração sonoro e meu choro diante de situações que julgo injustas são sinceros, e preciso dessas emoções para me sentir vibrante e confiante. Tenho muitas qualidades e as abraço com muito carinho, mas carrego muitos defeitos também. Você me conhece como ninguém jamais conheceu... Se soubesse quanto isso é especial para mim... Acontece que a minha essência é assim, cheia de amor e entrega, mas também confusa para os que convivem comigo. Por isso, muitas vezes, opto pela solidão, pois sei que ninguém quer se relacionar com alguém tão instável e solto como eu.

Ver você confusa, ou até triste, por causa da minha oscilação me magoa demais, você não imagina quanto. Me sinto incompreendido pelo mundo. Talvez, como eu sempre digo, a minha função como artista seja doar a minha vida pessoal em prol da minha arte, do que acredito, pois a minha intensidade e a minha liberdade são justamente as características que me fazem ser tão genuíno no que faço.

Admito que muitas vezes me pego chorando por ser assim, tão eu, e por envolvê-la em tudo isso. Sempre senti que estou de passagem na vida dos outros. Chego, faço o possível para reerguer o olhar emocional e me vou – sempre um pouco andarilho, um pouco triste, um pouco alegre, um pouco perdido, mas também sempre convicto das coisas em que acredito: liberdade, amor e energia. Espero não estar de passagem na sua vida, apesar do fuso horário diferente do relógio do meu coração.

SE VOCÊ AMA UMA
PESSOA, NÃO FALE MAL
DELA PARA OUTRA
PESSOA QUE NÃO
A AMA COMO VOCÊ.

FEELING

*

Eu sempre enalteci a importância da sensibilidade; para mim, ela é a grande munição contra a parte obscura e injusta do mundo. É óbvio que nunca estaremos totalmente protegidos, muito menos imunes às tristezas do coração, mas, com sensibilidade, conseguimos evitar algumas tragédias sentimentais.

Ao contrário do que algumas pessoas acham, sensibilidade não tem nada a ver com sentimentalismo. São coisas bem diferentes. Enquanto o sentimentalismo muitas vezes transborda ilusão, a sensibilidade é um mergulho em águas cristalinas que evita que nos ceguemos pelas mentiras que contamos a nós mesmos. A sensibilidade é simples e silenciosa, é o aguçar dos sentidos; é feita de observações, de ouvidos a postos e de olhos atentos, com um toque importantíssimo de empatia e paciência. A sensibilidade é o bom senso do coração.

Não importa a situação, a sensibilidade é a voz interior que sempre devemos ouvir. Não sabe se vai naquela entrevista de emprego? Se joga tudo pro alto nessa fase da vida? Se dá aquele primeiro beijo que pode se tornar um relacionamento duradouro? Se dá para confiar no vendedor do carro usado? Sensibilidade.

Por mais selvagem ou diferente que pareça ser uma situação, é necessário ter sensibilidade para dosá-la, senti-la. Qualquer situação. Por exemplo: no auge do sexo, entre tapas fortes e puxões firmes de cabelo, por mais carnal e imediato que seja o ato, é preciso ter sensibilidade para sentir o outro, os sinais, se ele está confortável, se está gostando, para onde gostaria de ir, se é para mudar de posição, se é para chupar mais um pouco. Isso é sensibilidade. Alguns chamam de "feeling".

A sensibilidade é uma corda bamba – ou um *slackline*? –, e cada um tem a sua, sem regras. O orgasmo ou o receio de ir mais adiante; o beijo que convida ou o abraço de despedida; o "oi" despretensioso para a pessoa sentada na mesa ao lado ou o arrependimento de não ter dito um simples "oi" para a pessoa na mesa ao lado; a melhor viagem da vida ou o medo de se perder na cidade; o término de um relacionamento que ainda poderia ter futuro ou um recomeço necessário: quem rege tudo isso? Feeling, feeling...

SÓ OS LOUCOS SABEM AMAR

Tenho certa convicção de que as pessoas consideradas "loucas" sabem amar melhor do que aquelas que amam buscando a normalidade. Os loucos amam melhor porque sobem no trapézio das relações e voam alto, dão piruetas e mortais, sem se preocupar se há ou não rede de proteção embaixo. E fazem isso por puro instinto. Para eles, é algo totalmente intenso, despido dos preconceitos que bloqueiam o instinto puro.

Os loucos sabem amar na essência. Não se preocupam com o dia seguinte, com o que os outros possam dizer, ou em equalizar atitudes e gestos para caber na caixinha da normalidade, o que quer que seja essa normalidade. Eles fazem o que lhes vem à cabeça e pronto!

Nós aplaudimos os loucos, até os invejamos, mas continuamos buscando a normalidade a cada instante. Admiramos e aplaudimos a loucura, mas nos sentimos incapazes de enlouquecer.

A verdade é que a loucura está nos olhos de quem a vê. Que tal trazer um pouco de loucura para sua vida? Que tal encarar o trapézio sem rede de proteção?

Saudade de quê?

Existe um pensamento que volta e meia me deixa intrigado. Na verdade, é uma pergunta que me faço durante meus devaneios cotidianos. Será que eu sinto mais saudade das pessoas que foram importantes em determinadas fases e por razões específicas, ou sinto falta dos momentos vividos, em que essas pessoas representaram um papel importante e por isso aparecem nos meus pensamentos em forma de saudade?

A verdade é que a saudade é uma sensação inexplicável, tão inexplicável que nenhum outro idioma conseguiu defini-la em uma única palavra.

A saudade é linda porque mistura pessoas e momentos. Ela soma almas, tempos, emoções em um lugar do coração ao qual não podemos acessar de forma racional.

Não conseguimos apagar nem mudar nada quando se trata desses sentimentos que, somados – ou multiplicados –, são chamados de saudade. Ela acorda e corre pela casa quando quer. Ela rouba nosso sono e nossa sanidade com a sutileza de uma criança, a inocência de um cachorro ou um passarinho, e pesa toneladas quando traz à tona sentimentos e pessoas que há tempos não vemos ou jamais poderemos rever nesta existência.

Não há saudade sem uma condição temporal. O tempo é o palco, e as pessoas, os atores que representam seus papéis no teatro da vida.

A lição que podemos tirar da saudade é que ela nos torna mais humanos. Nos faz sabedores de nossas fraquezas, nos traz a dor da finitude, de ver que tudo acaba um dia.

Sim, a saudade dói, nos aflige, faz rir e chorar na mesma proporção. Mas também cura, resolve, nos faz crescer. Ela está onde tem que estar, dentro dos nossos corações. Da mesma forma como momentos que volta e meia lembramos ter vivido. Momentos esses que recordamos em determinadas circunstâncias, muitas vezes levados pela falta ou pela distância de alguém que vem à mente em forma de saudade.

Por isso devemos viver os momentos e as pessoas com toda a intensidade que aquele espacinho de tempo pode nos proporcionar. Isso fará a futura saudade daquela situação e de todos envolvidos mais gostosa e menos dolorosa de sentir. E quando lhe perguntarem

"Está com saudade de quê?", você certamente responderá: "De uma monte de coisas e gente que esteve na minha vida em um momento especial".

Publicado por Maquinaria Editorial.

Impresso em Pólen Bold 70gm² na gráfica Viena em outubro de 2025.